記憶散步

鄭政恆

目錄

contents

二 ● 奈良與京都

三 ● 地圖與手掌

四　歐遊心影錄

五　短章二十篇

一·城市的旅程

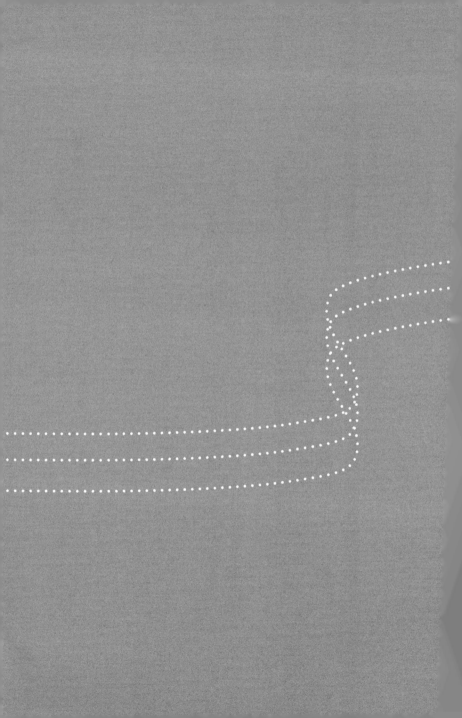

城市的旅程

一道閃光之中，我看見我一直視為城市的東西，事實上是一片荒原。

——費爾南多・佩索阿

船窗展露了一個城市的容貌，從側影開始，漸漸地我們終於跟它正面對望。從飛鳥逡巡的國度，到人類麇集折騰的城市竟沒有截然肯定的邊界。

我坐在船上，從香港到對岸的澳門，船程只消一個小時。分針沒有動過，時針擺了些許，船就悄悄泊岸了，彷彿是從機場到旺角一樣，未定下思緒，人潮就告訴你：下車了，還不快走？

這一次獨旅所作的準備，真是少得不能再少。簡簡單單的一張破地圖，每一個褶位最少有一個破孔，但是，一定要靠文字才能了解一個地方嗎？我可以不清楚當地的歷史、文化、風俗，甚至是一無所知，也可以旅行外遊的，必不可少是旅遊證件、貨幣，還有眼睛。對於澳門，我所知實在不多，略有所聞當地黑幫猖獗，葡京賭場污煙充天，賭徒們呼么喝六，是的，還有大三巴和令人垂涎的葡國菜。

船慢慢靠岸，海面因連日下雨而顯得更加混濁。船身和窗外都貼滿了密密的水滴，好像潛水艇剛從水中冒起一樣。人們拉着笨重的行李，小心翼翼地走過濕滑的甲板，經過暗淡而長長的甬道，辦理各樣出入境手續。所有人的面孔都十分木訥，好像做一件駕輕就熟的工作或一樁無足輕重的小事。人們有秩序地走到寬敞的大堂，但在大堂的人卻是寥寥無幾，方才的人像影子進入黑夜般遽然消失。

我在旅客服務站拿了一本光鮮的地圖，然後走到公共汽車站。

還是先完成第一項任務吧。我對自己說。

我登上了一輛公共汽車，到林則徐紀念館去。其實，這是一份無可奈何的差使。為了教授中國近代史，讓學生對鴉片戰爭更有學習興趣，我要到澳門搜集資料，也要拍攝一些紀錄短片。

汽車輾轉經過了不少街道。櫛比鱗次的商店與民居都昏昏暗暗的，可能因為這種「睡眠」狀態，人們不會「攪擾」它們，它們也能夠保持着原貌。街上少人行走，有的只是散步，有的是買一些日用品，有的可能不為甚麼目的。

有人從一間小店鋪中走出來，又走到另一間去。在路中央，有兩位老婦高聲談天，有一句沒一句的，她們的笑聲進入了這輛車子，我知道，她們在談論今天的菜價。車子停下來了，有兩位拿着公事包的中年男子上車，臉上都掛着莫名其妙的微笑，然後司機慢條斯理地駛入另一條街。青年駕着自行車，後面坐着一個不多打扮的少女，面目清秀。自行車轉過街角，那裏有一個老人支着拐杖，顫巍巍的，眼睛裏沒有半分神采，他慢慢走到對街的天主教墳場。我轉身準備下車，回望，他已經不知所蹤了。

轉了兩個角落，終於到了林則徐紀念館，在罅些喇提督大馬路的蓮峰廟內。這座古廟供奉着天后，建於一五九二年，有四百多年歷史，比鴉片戰爭還要早。這不是書本上的四百多年，而是實實在在的一件實物，擁抱着逝水年華。

我走進紀念館，抬頭一望，除了賣票的少年（他手裏有一本李敖的作品集），整個展覽廳只有我一個人。

他下意識地遞上了一張門票，然後打了一個呵欠。我付了錢，接過票，他也愛理不理埋首書中。

我不禁啞然失笑了，這個紀念館面積雖然不大，大概是四個籃球場般大小，但是前不見人，向後望只見自己的身影，我忽然感到孤獨與失落了。在我身邊的只有歷史。一些死了的人、一些被人遺忘的事、一些忠誠地見證歷史的文物。我像一個悼念的人，彷彿在世上只有我認識死者們。它們貪婪地望着我，我單獨的望着它們。

那裏的史料不多，我舉起了攝錄機，將所有的東西一一變成數碼化的影像。

一頁道光時期的《香山縣誌》。地圖上有許多地名，有的沿用至今，歷久不滅，好像任何一種具生命力的生物一樣。當然，不少是棄用了，只存在於古時的地圖內，這些地名包容着死者們的生活。他們曾經在當地生活過、工作過，都經歷過嫁娶喪親，也流過眼淚。他們會閒話家常，也天天下田，男人常在午後的夕陽下抽水煙，女人汗流浹背地在灶前幹活，小孩在廟前玩耍，也為小事吵吵鬧鬧，少數的人曾經讀過書，熱衷仕途，但沒有人會紀念他們，不為甚麼，只是時間讓人的名字、地的名稱成為它的陪葬品，長埋不見日光的深淵。

林則徐的禁煙經過是展覽的核心。我慢慢地將所有過程鉅細無遺地一一拍攝，少不了是虎門銷煙，林則徐巡閱澳門，還有鴉片戰爭與簽訂《南京條約》

的歷史簡述。這些都是教學的好材料，雖然學生總不喜愛歷史科，尤其深惡痛絕中國歷史。

我透過鏡頭去接觸文物，開始是虎門銷煙圖，林則徐在左上方監督銷煙過程，左手擱在背後，右手捋着鬍子。在右下方是百姓，都努力地搬運一箱一箱毒害人民的鴉片，但他們的面孔都是淡然的。在不遠處，有一張長長的《會奏巡閱澳門情形摺》。我無法將所有文字都清楚地攝錄，這張長長的奏摺大概有五呎吧，密密的寫滿了蠅頭小楷，不外是向道光帝建議悉力禁煙、增強軍力、保護主權、改善社稷等等，在奏摺的末端是三個細小的紅字：

知道了

道光帝的御筆。不知道他是接納了，還是敷衍地應對。只知道他漠不經心地眉批的翌年六月，英軍到達了中國的沿海，那是命運在叩門，他也終於知道了真相。

鏡頭一轉，我被林則徐用過的公案木台吸引住了。他正襟危坐於中央，細聽清官與葡人交涉。翻譯員頻頻開口，向葡人轉述欽差大臣與兩廣總督的要求。葡官想了一會，正想開口表示同意與清廷合作禁煙……還未說，他們就在歷史中凝定不動，保持對視，只有後面的林則徐名句在告訴我一些訊息：

苟利國家生死以
豈因禍福避趨之

在我的背後是一幅黑漆漆的浮雕，林則徐捏緊雙拳，眼望着前方。這幅浮雕是紀念他勇於學習西方思想與科技，我不明白，到底是中國文化沒有價值才引入西學，還是西學實在勝於中學呢？

我低下頭，在浮雕前吟哦良久。

賣票的少年竟然呼呼大睡，傳來了穩定的鼾息聲。

我走到浮雕的背面，前方就是出口。我將歷史放進背包裏，踏進陽光灑遍的廟前空地。我細看這裏的每一個角落，彷彿林則徐離開了不久，而我遲來了一步，惋惜地重組方才的過程。

烈日正在頭上，影子就在腳下，那是看透一切的正午時分。

朋友告訴過我，到澳門就不能不去東望洋。山上有美麗的澳門全景看。

我想，不妨就到那裏一趟吧。

在澳門大會堂對面的餐室胡亂吃了午飯，就穿越加思欄花園和紀念第一次世界大戰陣亡戰士的圓形塔樓，拾級而上，上面是一條頗陡的斜巷，巷的左邊是加思欄馬路，行人路甚窄，不能二人駢行。望向右邊，起初只有兩三民居，走了一會，能夠望見密密麻麻的大廈，然後，可以看見廣闊汪洋，而建築反而更遠更小了。

從加思欄馬路轉入白頭馬路，看見兩三座歐陸式古建築，都不是向遊人開放的，或是學校，或是醫院。在路旁，有兩三赤膊青年被警察逮住，其中一人血流披面，一人被警員推進車裏，他們的臉十分倉皇。接着警車轉進另一條巷子，只餘下灰溜溜的煙在街角。

大概走了一刻鐘，到了一條岔路。一位禿頭的漢子問我是否到燈塔去，我點點頭，他指着岔口的右方說沿路一直走就是，我說了一聲謝謝，就離開了他。

果然，走了不久，就看見一間斑駁破舊的小屋，壁上的白漆都褪了出來，揭示了內部的另一重質料，而時間也在牆上留下了疙瘩的傷痕，整間破屋不再皚白如昔，但世上哪有事物能常存舊貌？

原來那是天文台，夏季時颱風從海上吹來，無論是戒備信號，還是颳起了十級颱風，當值的人都要不顧一切的將信號掛在屋頂上，讓全澳的居民看得到。水手們也只好待在室內，可以呼呼大睡或盡情賭博，相信不少人會幹一些下流的勾當吧。海面上應當沒有船隻航行，船都靠在岸邊讓風雨無情掌摑。

我急忙躲在破屋之內，那裏有多塊標示颱風信號的鐵籠，各自經歷過不同程度的風，現在一一吊在屋頂下，等待老天的選召。它們都十分祥和，像退休多年、兒孫滿膝的老人們聚首於斯，覆述那年的驚濤與狂飆。

踏級到了一座教堂前，牆身裸白，在日光下發出聖潔的光芒，使人不能直望。那是聖母雪地殿教堂，建於十七世紀初，比早上去過的蓮峰廟晚一點建成。

傳說一六二二年荷蘭人侵佔澳門時，聖母曾步出這間教堂，張開自己的斗篷來抵擋敵人的槍炮。現今教堂則供奉着護衛航海的聖人，裏面有聖母與施洗者約翰的畫像。不過，面容都模糊了，旁邊的天使和聖徒的肖像更是不能辨認。有的天使失去了面孔，有的折了一隻翼；有的聖徒缺了一隻手，有的沒有了鞋子。

由於拱形天花板和壁上的顏料剝落太多，所以室內不容許拍照，恐怕閃光燈怒目一瞪，天使就會飛到天上去。教堂內的壁畫披上了歲月的衣裳，可能是

看透了人世的罪與罰，聖徒的面貌都很滄桑。

在天花板的一角，我發現了一隻石獅子，而靠近中央的位置則有數朵牡丹花。就在這間教堂建成前數十年，湯顯祖也在臨川完成了《牡丹亭》，牡丹花在這葡式小教堂出現，實在耐人尋味。可惜的是——

原來姹紫嫣紅開遍

似這般都付斷井頹垣

壁畫顏料耐不過歲月的洗禮，雖相依了數百寒暑，但如今花瓣凋零，無力地貼在牆上，在分合之間彌留。教堂中的畫作雖然蒼白，但鑄合東西文化的苦心卻依然為人稱道。可以想像畫家敬虔地繪畫宗教人物形象時，心裏卻另懷東方情意，形諸一筆一畫之中。

步出聖母雪地殿教堂，毗連是松山燈塔。

它是遠東第一座燈塔，屹立在山頂上，眺望整個城市。在四隅無雲的日子，燈塔的光芒能到達三十公里的船上。

今天陽光燦爛，地平線比平日更加遙遠。它欺騙着我們，說那就是世界的盡頭，但船一次又一次揭穿它，高拔的船桅、彩帆和國旗告知盡頭以外另有天涯。燈塔看透一切，但不發一言，它的前方是千里煙波，上有數十艘過訪片刻或擦身而過的輪船，船像一個閒散的路人，咬着煙斗蹓躂。燈塔的後方是快將步入暮色的城市，人和車進佔街道上每一個角落，工作使每一個人面目無神，車子魯魯莽莽，互相糾纏不捨，實在是一大片荒原。

上帝將日光調暗，地上的人亮起七色華燈，延長着不能完結的一天。賭場依舊擁擠，遊客絡繹不絕。我更愛站在此處，幻想山下是與世無爭的小漁村。人們不是在東方與西方文化的夾縫中營役，而是在日光之下生活，歷盡了生老病死，然後悄然離去，雖然只有數十人懷緬逝去的人，但人們都會異口同聲說：他是一個老實人。

在曠遠蒼茫的午後，我完成了從一個城市到另一個城市的旅程。香港和澳門，都經歷了從殖民地到殖民以後的命運。在這兩個離開又回歸的都市中，市民的身份是不明確的，可以是別人賦與的，而各種文化更是交織混和，但生活的方向始終需要自己決定。

這兩個城市只是一水之隔，我很好奇，從前的居民會否知道對岸有一個漁港？可能，直至船艦駛進了港口，盤駐於此，然後響起了炮火聲，居民才知道對海有一個叫香港或澳門的港口城市，更知道遙遠的西方有許多許多國家，住了許多許多紅鬚綠眼的洋人。

還是上兩個世紀的事情，土壤從母體上割下來，由兩個毫無血緣關係的西歐國家養活下去。不過，親身經歷這些事的人都不在了，我還像拾破爛的人一樣，侃侃而談連串歷史舊事。我不禁失笑了。

記憶中那是二〇〇二年的冬至，我離開了松山燈塔，趕七時正的快船回港，立刻趕返家中吃一頓豐富的團年飯。香港已在黑夜之中了，像一個失眠多年的夜遊人一樣。寒風吹着這個城市，街上的枯葉四處飄泊，不知西東。雖然方向並不一樣，城市的街道錯綜複雜，但街上的人都懷着同一個目的，在日落之後，趕過時間與所有街道回家。

當我打開家門，我看見了一雙雙期待的，眼睛的燈，我頓然發現了一些生存的啟示，不是靠百般思量而得的哲理，而是人類歷史生生不滅的答案、一切生活的起點和終點。

二〇〇三年，第二屆新紀元全球華文青年文學獎散文組一等優秀獎

金陵行

列車的窗子外，除了油菜花田，種植的大概都是小麥。風吹過，偃息了一列的花草，好像海岸上的疊疊波浪，在躁動中展現壯觀的秩序。

我坐在「5056次」的火車，就是從溫州到南京去的列車。

我在無錫登車，車廂的座位都快滿了，我拉着舅舅找位置，坐下不久，車就離開了站台。由無錫開始，列車還要走三個半小時，中途還有數個「大站」：常州、丹陽和鎮江，火車總要停下來，讓乘客都上來了，然後哨子一響，列車再動，人們的面孔就變得平靜了。他們都不希望因為列車的延誤而耽擱了旅途。

這一班列車屬「空調普快」，相對於特快的火車而言，實在緩慢。我望着窗外的田野，春天暖和，花都開得燦爛，有時一隻牛或羊從田野跑出來，嚼食早上的陽光。其實，窗外的景色都是大同小異，看得太多只會令人感到一切平凡無奇。身旁的老幹部太清楚了，掏出一本武俠小說正看得入神。舅舅買了一杯茶，呷了一口就合上眼小睡一會。

列車到了常州。一對農家夫婦坐在我身旁，那婦人抱着一個小男孩，還穿着開襠褲。

火車動了，景物又再移動。反正風景都給我看膩了，我轉而觀察那個小孩子。

小孩子拿着油條，一口一口地吃。吃了一會，忽然哭起來了，媽媽抱着他，逗他，但他一直在哭，沒完沒了的。小孩的父親很木訥，從來不說一句話。

提溫開水的人來了，小孩的父親給她一塊錢，她就將水倒進奶瓶裏。小孩的眼睛一亮，彷彿不再哭了，還立刻伸出小手，從父親的手中搶過奶瓶。不數分鐘，奶瓶便空空如也。

「地圖、地圖、南京地圖……」

舅舅立刻給我買了一張，讓我劃下這一趟南京旅程的路線。由於時間根本不多，只能在南京逗留數個小時然後轉乘飛機回香港（父母還在無錫，他們要探望表姊），所以，我選擇了夫子廟、秦淮河、烏衣巷和瞻園四個地方，再翻查公共汽車的路線圖。從車站到夫子廟的車子很多，也不怕找不到。

列車走了三個半小時，終於抵達南京。

從站台走到行人甬道，再跑到公車站，找到了往夫子廟的公共汽車，我拉着舅舅，和他一起登上車。車就開動了。

公車繞過玄武湖，沿着中央路和中山路，經過了有六百年歷史的鼓樓。從前，擊鼓聲有報時的作用，市民都靠它知道時間。我看看手錶，路途雖然不遠，但公車也走了差不多半個多小時。

公車到了中華路的終站，舅舅和我立刻到夫子廟毗連的「老正興」菜館吃午飯。然後，在廟外拍了一些照片，總算是到了目的地。夫子廟就是孔廟，也是古時的教育及文化中心，始建於宋代，其後經過不少加建和修復的工程，也興建了大照壁、石欄、牌坊、亭閣等附屬的建築。但是，最令人意想不到的恐怕是夫子廟一帶的發展日趨商業化，商店林立，行人熙攘，使夫子廟的外觀和周遭顯得格格不入——夫子廟也有無可奈何的時刻。

廟的前方是一個廣場，而廣場的前方就是秦淮河。按《太平御覽·輿地志》說，秦始皇開運河引淮水入長江，所以這一條運河就命名為秦淮。當然，現實並不是這樣，秦淮自古已有，並非開鑿而成。

說起秦淮，總勾起人們對六朝金粉的懷想，而杜牧的詩句：「煙籠寒水月籠沙，夜泊秦淮近酒家」，使人如進霧中，駛入幻想的境域。

可惜舅舅和我到達秦淮的時候，不是在唐代，也不是在宋朝。今天的秦淮只有粗鄙的遊人，拿着「大聲公」叫嚷的導遊，喝可口可樂的小孩。斗大的麥當勞標誌遮蓋了酒旗，商店的揚聲器播放節奏強勁的跳舞音樂。

此時，正是日照當空，天氣也特別炎熱。我站在橋岸上，唯有望着停泊着的畫舫，臆度當年的槳聲燈影……

所有美好的景象都只屬於詩詞與歷史圖片，而我們親身經歷與瀏覽的，大概是美好事物的殘影，在等待消磨淨盡。也許朱自清說得對：「我們彷彿親見那時華燈映水，畫舫凌波的光景了。於是我們的船便成了歷史的重載了。我們終於恍然秦淮河的船所以雅麗過於他處，而又有奇異的吸引力的，實在是許多歷史的影像使然了。」

過了文德橋，前面是烏衣巷，巷口立着一塊石碑，碑上的詩正是劉禹錫的名作：

朱雀橋邊野草花　烏衣巷口夕陽斜
舊時王謝堂前燕　飛入尋常百姓家

站在烏衣巷口，看小巷的外面都站滿人，更找不到燕子了。走進巷裏，喧嘩的人聲竟隔絕於外，我感到這裏的蕭條冷落，原來遊人都不進來，只在巷口張看。

烏衣巷見證了大氏族的生活，也許它仍在緬懷過去的光彩，仍在尋索王導與謝安的步履，還有常穿黑衣的王謝子弟。舉目一看，巷的中央正是王謝古居，可惜時間不夠，不能逗留太久。瞻園才是真正的目的地。

在烏衣巷的出口右轉，進入瞻園路，不消五分鐘就到達瞻園了。瞻園建於明代，就是朱元璋賜給開國功臣徐達的西花園，太平天國定都南京，瞻園成了東王楊秀清的府邸。瞻園面積不大，但名氣不弱，它和豫園、留園、拙政園、寄暢園並稱「江南五大名園」。瞻園的假山藝術很聞名，有「園以石勝」之譽，但我還是覺得瞻園的設計和假山都平凡無奇，和拙政園相比，更是差遠了。舅舅和我繞了一個圈子，就走進太平天國歷史博物館。

博物館中的文物很多，最引人入勝的是民間藝術，好像壁畫《鶴壽圖》和《孔雀牡丹圖》，既簡樸，又栩栩如生，而運筆也絕不馬虎。描繪山水的《防江望樓圖》和《江天亭立圖》也毫不遜色，望着滔滔江水，彷彿聽見船行的微聲。珍貴的文物如天王洪秀全玉璽和《天朝田畝制度》的刻本，尤其難得一見。這些文物實在沉重，它們都反映了一代理想主義者的夢，他們吶喊「天下一家，共享太平」，求盼「天下共享天父上主皇上帝大福」，誰也想不到人性的乖劣，內鬨紛爭，夢想很快就幻滅了。我們只能記着的，就是他們曾經奮戰。

人們說，我們這一代人再沒有夢想，但是，我們是多麼害怕失敗。當我們得到愈多，生活愈富裕安逸，就愈怕失去，因為，我們再沒有以往的遺產——人的溫情和故國的文化，這些都一去不返了。人們都急於攫奪眼前的東西，夢想，只能成為高尚的字詞。太平天國的覆亡也是如此。

離開瞻園，舅舅送我到車站，母親曾經囑託他照顧我。她總是不放心我一個人回香港。到了車站，也不好讓舅舅陪我到機場了，我將地圖塞進他懷裏，他還要找車子回揚州去。

「三時半，舅舅，我要登車了。」我說。

「好的，你自己要小心，不要亂走。」他說。

在他們眼中，我還是一個小孩子。

「我登車了。」我說。

舅舅執着我的手，很緊很緊。畢竟，我是他妹妹的兒子，而且我們倆都不知道何時再見。

我登車了。他仍一再看着我，直至車子駛過了第一個路口。

二〇〇四年

北京紀遊●

一、最後的貴族

一個北方城市在陽光之下不斷轉變，年復年，月復月，當初的模樣一如曾經塗寫在牆壁上的文字，早已無人知曉，但新的事物總有一天又會變得令人討厭，被更新的事物所掩蓋、取締。城市在藍色的天空下不斷轉變，直到有一天，有人認定這裏是首都，是中心，是重點所在。

故宮的午門打開了，渺小的平民百姓努力地湧進去，擠進去。人們站在金水橋上，面前的太和殿和太和門仍在修繕，它們將以新的容姿接待讚佩不已的遊客，而不再以尊嚴的面孔令百官敬畏，好讓天子皇帝成為神話傳奇。這裏即將屬於前來參觀的人、等閒的人、好奇的人，都是人，人太多了，沒有空間，沒有距離。我只想往前走，避開遊客。

中和殿，一六二七年。保和殿，一四二〇年。乾清宮，一七九八年。交泰殿，一四二〇年。坤寧宮，一四二〇年。養心殿，一五三七年。欽安殿，一五三五年。看不完的偉大歷史建築。看不完的偉大陳設。明代的，清代的。那裏曾有皇后妃嬪出入，那裏曾有太監侍女出入，那裏曾是皇帝起居生活工作的地方。以前是神聖的禁宮，現在成為博物院，許多人來參觀拍照，歷史就在每一次閃光之間昏睡，在關門的一剎甦醒過來。

而我更喜歡北海。

走出神武門，我沒有上景山，因為上景山的目的過於明確了，我寧願看其他。北海最美的一面，不在團城，不在瓊島，也不在白塔，而是海和海岸，就是如此簡單的配搭。遊客匆匆對着白塔拍照留念然後在東門離開了，但對我來說，這裏才是開始。

柳條浮在水上。海岸邊的椅子上是浮世的生活——嬰孩在襁褓裏。小孩走累了，喝着水。少男少女玩手機。情侶摟摟抱抱。遊人拍照。朋友一起談家事談政治。大叔躺下午盹。夫妻不說話，不動作。兩個老婦練着京戲唱腔。老翁坐在輪椅上，向身邊的孫子說道——文革時，這裏是不開放的……

北海的靜心齋小巧雅致，正中座椅後面是一幅畫着清樸山水的屏風，高頭則見「不為物先」四字，兩側有書法，梅蘭菊竹小幅陳列其間，几後的山水畫裱裝精良，掛在壁上恐怕已有數百年了。齋中的小池養着嬉遊的魚，齋後的假山頗具奇氣。靜心齋雖小，但該有的，都有。

靜心齋的西邊是天王殿，中院正殿為明代建築大慈真如寶殿，用楠木建成，書上說寶殿用「黑琉璃筒瓦黃剪邊重簷四坡頂」，即用了黑色的琉璃筒瓦作坡面，黃色的瓦做邊，兩重屋頂，共四個坡面。匾額上書「華藏恆常」，寶殿沒有彩繪，斗拱質樸，牆身漆黑，更見莊嚴雄偉。大慈真如寶殿確是北京最美的佛殿之一，是北海的黑珍珠。

九龍壁和小西天只見俗氣，當折返。當年詩人朱湘紀遊北海遇雨，除了歇力划船，在殿內休歇，想的都是詩的格律與發展問題。他說：「詩的本質是一

華藏恒春

成不變萬古長新的；它便是人性。」朱湘夜遊北海，馳想無極，如入夢中，令人陶醉；我遊北海的時候，是春日，略帶寒風，一路上我也想人性的問題，可是沒有詩人的清雅、情深。

我一直往前走，風終於慢下來了，海岸邊的椅子上，大叔不知要打盹到幾時……

二、從天安門出來

從天安門出來，越過金水河，走進隧道，到了廣場，感覺到狂風驟然從正面吹來，彷彿要將我拋擲到天空去。廣場上人不多，疏落地，孤獨地，沉默地，往前走。風箏分割雲朵，虛弱的線向天求索。風很大，我將衣服的鈕扣扣好，低着頭，彎着身，駝着背，往前走。正前方就是人民英雄紀念碑，背後的建築是古代，眼前的景物就屬於現當代了。共產黨眼中的百年近現代歷史已成為僵硬的浮雕——虎門銷煙。金田起義。武昌起義。五四運動。五卅運動。南昌起義。抗日游擊戰爭。勝利渡長江。再前面是毛主席紀念堂。

我聽見吶喊，很清晰。

我想起北京還有紅樓及一條五四大街，但五四精神似乎有點遙遠，到底重點是愛國，還是民主和科學；是不是走全盤西化，往昔的傳統是否可以一筆抹掉。說不清，歷史只告訴我們後果，前人的決定，今人承受；今人的決定，後人承受。今日的紅樓已由北大文學院改為新文化運動紀念館，紅磚依舊，好像代表着新青年的熱血，仍在沸騰，仍在流動，可是紀念館暫時閉館，將我拒於門外。我獨自站在歷史的邊界上，進退不得，過去了的不會回來，往前走的我追不上。

位於東四北大街細管胡同的田漢故居，也是閉館。田漢自一九五三年搬進眼前的故居，在此創作了《關漢卿》等劇。田漢故居重門深鎖，不知有何用途。我一直欣賞田漢二、三十年代的創作及評論，對建國後田漢的劇作興趣不大，但也希望北京的田漢故居能夠開放供人們參觀。

那麼國家大劇院呢？田漢先生，你覺得如何。

我一邊走一邊想，國家大劇院太古怪了，跟周遭建築格格不入；設計太新穎，單單找入口已害我走了半個小時，室內也沒有甚麼特別，從大劇院信步走到後海，人已經好累，看着海岸都給優雅的茶座霸佔了，耳邊不住響起胡同遊三個字，就感到更累了。如果說中南海是屬於政治的，那麼後海是屬於商業的。

在後海、鐘樓、鼓樓與南鑼鼓巷一帶逛逛，值得一看的東西聊勝於無，整個區域好像一片大工地，留下來的舊事物不多，徒具荒涼孤寂，翻新了的四合院和胡同變成一模一樣，門簪圖案欠奉，門墩隨便湊合，大門好像樣辦一般大同小異。

在東交民巷一帶散步，終於感受到一點點閒適。這裏還保留着一些西洋建築，昔日的美國花旗銀行成為了北京警察博物館，門關了，原來時近黃昏。天主堂的門還開着，正中的守護天使聖彌厄爾像威武地站立在高處。教堂建成於一九〇四年，在北京幾座教堂中已算年輕。後來我路過宣武門南堂，看見門牌上說這是北京最早的天主堂，明萬曆三十三年由利馬竇興建，而王府井東堂則是北京第二座天主堂，清順治十二年興建。歷史告訴我們，天主教在華的往昔

歲月可謂血跡斑斑，經過義和團之亂的沉重打擊，現在三座教堂都是在一九〇四年重建的。曾經，天主教與本土文化形成激烈矛盾，現在王府井東堂外許多青年聚集，有的玩滑板，有的踏單車，有的談天說地，神聖與世俗已不再涇渭分明，也許神聖的事物正在消弭，悄悄死去。舊日的一切消失了，悲壯的滅亡每一刻都在發生，我來不及一一說再見，時間已經告訴我——你來晚了。

三、傷城

北京的城牆與城樓是城市發展的犧牲品，為了交通往來，它們被推倒了。王軍在《城記》一書中有詳細解說，拆與保的角力過程確是驚心動魄。瑞典喜仁龍教授的《北京的城牆和城門》為牆垣和城門留下了鉅細無遺的文字描述，我一邊讀，一邊感慨。

今天，城牆和城門大多不存在了。倖存的城門我都一一抽時間參觀——前門箭樓。前門。天安門。德勝門箭樓，它們全部都在北京城市的中軸線上。

現在，東南角箭樓和內城的南城牆組合為城牆遺址公園，旁邊開了一條綠化的步行道，供百姓休憩，有人在此散步，在此蹓狗，在此唱戲。

城牆本來是為了禦敵，為了劃分城市內外界線。城牆在梁思成眼中是環城立體公園，城樓角樓則是陳列館、閱覽室、茶店鋪。梁思成的問題——北京的城牆應該留着嗎？這一條問題已由詢問，慢慢變成了控訴。殘存的城牆和城門見證了人的智慧，人的愚笨。

離開城牆，我轉到先農壇。先農壇本來是皇帝祭祀神農的地方，與中軸線東面的天壇剛好相對。現在先農壇宏偉的太歲殿成為了北京古代建築博物館。

宮殿、寺廟、園林、民居、墓穴都是建築，自從有文明，人的生死都不離建築。在古代建築中走過，我們可以臆想以前的人如何生活。建築是獨一無二的，推倒了就不能復原，復原了也不再一樣。在建築博物館中，我想起先民的智慧，我們世世代代分享着他們當初創作的喜悅。

匠人的笑聲與歡顏還在斷牆和瓦片上徘徊，我想起香港拆毀了的舊教堂、舊學校、舊樓房、舊碼頭，它們嚴肅而安詳的面孔仍在影子裏存在。

北京尋書記

北京的優點是明顯的，重要明清歷史建築保留着，音樂表演和藝術空間都多；但北京的不好也是明顯的，天氣差，交通差，不少舊胡同拆毀了，新建的房子大同小異，灰水泥一抹，就再也沒有一點點市井生活氣息。然而，還有一個好處可以抵過這些缺點，就是北京舊書多。

八月的北京，正值奧運，王府井遊人如鯽，天天如是。我一路往北走，經過漂亮的王府井東堂，到了涵芬樓書店，就是商務印書館的北京總店，旁邊毗鄰的燦然書屋則是中華書局的讀者服務部。我知道繼續北行，走到美術館東街，就會找到三聯韜奮圖書中心。「三中」一書店濟濟一堂且各具特色，燦然書屋單走中國古代文史哲路線，涵芬樓書店和三聯韜奮都是綜合型的大書店，但後者特闢一層專門陳列藝術書籍，蓋書店近中國美術館之故也。

買舊書，當然不能呆在王府井，次日我跑到西單的中國書店，翻翻舊期刊書報，對，我只是翻，不是買。某一期民國的《東方雜誌》竟索價一百八十元，一本五十年代末出版的朱光潛譯《柏拉圖文藝對話集》盛惠二百元，足已叫我心感不妙。我問店東一套《現代》幾塊，他說八十年代的翻印本要四千元，原版上萬計。書籍有價，但也不至於如商品炒賣，高價圖利吧。

自此，行程將近尾聲，我再下定決心，找找舊書，先去琉璃廠一試。琉璃廠在明代時是琉璃窯廠，及清乾隆後書店集中在此開店，到清末光緒年間，琉璃廠的書市發展到最高峰階段，據郭子升先生所說，琉璃廠在光緒時共有書店二百二十餘家，以後就開始滑落了，一九二六年時僅有六十九家。解放後經營更慘淡，到八十年代才重見起色。

今日琉璃廠的中國書店無甚足觀，分店雖然多，但我找了半天甚麼都買不到，反而旁邊的古籍書店更佳，舊版文藝書籍特別多，時有驚喜。

其實好書並不一定放在書店裏，也可能在書攤上。北京大學的西門在周末周日都有文化書市，書種甚廣，雖然不少是教科書，但幸而書價廉宜，一本舊書索價十元八塊而已。遠在朝陽區的潘家園也有書攤，藝術書為主，不同種類的書都有。皇天不負有心人，我就在潘家園撿得一套八冊的《現代》翻印本，賣家是一位中年婦人，開口價五百元，我猶豫了一會，她一冊一冊從鐵櫃裏拿出來給我檢查翻閱，我沉下臉還價三百元，她冷不防我這個南方小子有此一着，大家討價還價了三十回合，終以四百元成交，總算扯過平手。

在北京，也不一定要買舊書。舊書店，貨當然要精，新書店，貨就要廣。中關村的第三極書局和萬聖書園是遊京人士必往的特大型書店。在北四環西路的第三極書局達二萬平方米，書種包羅萬有，繁、簡體中文書和英文書都有，新書以八折銷售，這是只去深圳購書中心的朋友難以想像的。

雖然離清華大學不遠的萬聖書園不如第三極書局般大，但是底層有不少優質廉價書，一套十冊的《馮至全集》不用二百塊，可惜書太重，只好割捨，樓上的正價書質素不錯，書種很齊全，別家找不到的，在萬聖書園卻能夠找到。

北京舊書多，此話不虛。八月遊北京，看除了睇奧運，觀北海，逛胡同，看新舊建築，還可以保留一點時間翻翻書，即使你不買，翻書本身就是樂趣。但你千萬不要太貪心，甚麼都買，拿回來就夠你辛苦了。

二〇〇八年

上海七章

一

一艘又一艘大船迤邐前進，經過長江，或者從海上歸來，也許到海上去。無論是歸航或是離開，不約而同地駛過上海，它們在黃埔灘頭畫下了許多漂亮的弧線和不太張揚的白頭浪潮。

船來去，我駐足於此，用廣東話輕聲哼了幾句《上海灘》，心裏立刻暗笑自己太老土。時間隨着灘頭上的江水回到渺茫的海洋，流入無限，道理已足夠令人輕輕感歎，要憑歌寄情嗎。是的，緬懷一下就好了，但不要沉溺於毫無必要的感傷。

上海與香港是迥異的雙城，因為歷史的曲折，人們將它們組合起來。在《南京條約》之上，雙城新的命運由此開展——

「自今以後，大皇帝恩准英國人民，帶回所屬家眷，寄居沿海之廣州、福州、廈門、寧波、上海等五處港口，貿易通商無礙。英國君主派設領事、管事等官，住該五處城邑，專理商賈事宜，與各該地方官公文往來，令英人按照下條開敘之例，清楚交納貨稅、鈔餉等費。……今大皇帝准將香港一島，給予英國君主暨嗣後世襲主位者，常遠主掌，任便立法治理。」—

我在香港出生、長大，滿意還是不滿意，早已將身份認定，也知道我有足夠的認知和批評的權利——必需怪責我城的官僚太喜歡清拆，只留下中國銀行大廈和立法會大樓隔着電車路對峙，好像民國老教授和英國老紳士越過了封鎖的歲月流光，直至今天還在原地踏步，成為一片孤立的歷史風景。

在上海外灘二十三號的中國銀行，跟香港的舊中國銀行也差不多。在上海和我城的滙豐銀行大樓，前面都有差不多的雕塑，兩隻大銅獅子。

香港的滙豐銀行大樓早就改變了，但上海的仍屹立如昔，古典風格的圓頂、石拱門、希臘式柱子。室內天花還有馬賽克壁畫，上海、香港、東京、加爾各答、曼谷、倫敦、巴黎和紐約八個城市的風景畫，還有十二星宿圍繞着太陽神阿波羅、月亮神阿耳忒彌斯和農業女神德墨忒耳，建築師講究氣派與美感，而不是現代人口中冰冷的實用。

我對着書本，一一路過，也逐個相認——亞細亞大樓、上海總會大樓、聯合大樓、日清大樓、招商局大樓、中國通商銀行大樓、滙豐銀行大樓、海關大樓、交通銀行大樓、華俄道勝銀行與中央銀行、台灣銀行大樓、字林大樓、麥加利銀行大樓、滙中飯店、沙遜大廈、中國銀行大樓、橫濱正金銀行大樓、揚子保險大樓、怡和洋行大樓、怡泰大樓、東方滙理大樓、英國駐上海總領事館、百老滙大廈、外灘天文台。

突然，海關大樓的大鐘向我報時——現在是晚上八時正。

二

既然第一個晚上已經留給繁華的外灘，我可以將目光轉移到蘇州，剩下的時間就安心留給跟現代文學和藝術相關的事物。

動車呼呼飛奔，約半個小時就從上海抵達蘇州。

我很喜歡貝聿銘設計的蘇州博物館，每一次到蘇州都慕名而至。博物館既有蘇州園林的特色，結合貝聿銘的幾何圖案風格，粉白的牆壁、自然的光線、簡潔的結構，蔚成為當代中國建築的模範。蘇州博物館本身已是藝術品，且與東側毗鄰的太平天國忠王府和拙政園合成一個建築群，這是美妙的新舊配合，單說氣氛已勝過許多名過其實的江南名勝了。

我從忠王府走出來，經過拙政園，向南走，往平江路去。蘇州有幾條頗有名的街道，我較有印象的，一條是觀前街，另一條是平江路。現在的觀前街是商業街，人潮如鯽。我喜歡鄭振鐸的散文〈黃昏的觀前街〉，筆下的街道比現實更有風韻魅力——

你白天覺得這條街狹小，在這時，你，才覺這條街狹小得妙。她將你緊壓住了，如夜間將自己的手放在心頭，做了很刺激的夢；她將你緊緊地擁抱住了，如一個愛人身體的熱情的擁抱；她將所有的寶藏，所有的繁華，所有的可引動人的東西，都陳列在你的面前……

這是多麼性感而生動的文字呢。

平江路也可以一看，只是周遭的建築太新簇了。一條長長的依傍着河水的街道，流水淙淙，古琴館隱隱地傳來古琴曲，小小的窗櫺、短短的石橋也許藏有許多小故事。我折入中張家巷，迎面就是蘇州評彈博物館，那裏靜悄悄的。於是我轉往前一點的崑曲博物館，走到古戲台前，卻聽見室內傳來一聲鑼點，一縷歌聲，原來是紅娘開腔了，正是〈佳期〉。我連忙找了一個空位，坐下來細聽。《西廂記》的唱辭十分率直，節奏也急促，教人會心一笑。

之後演唱的《玉簪記．琴挑》比較文靜，但辭句之間流露男歡女愛，委婉的言語也難以抑止內心的起伏動靜，一如室外的陽光，總可以越過門窗，照拂目無表情的面孔，留下了一絲明亮。

三

從蘇州回到上海，在乘客不算多的動車上，我聽着Carpenters的“Yesterday Once More”。過去的回憶隨着窗外閃現的燈光回到我的腦海中。第一次參觀蘇州博物館的印象很深。

蘇州博物館東邊設有現代藝術廳，剛好展出趙無極的銅版畫和插圖畫數十幀，當中包括不少趙無極早年的具象作品，都難得一見。趙無極早年的畫作多以大自然為主題，有一些西方繪畫大師的陰影籠罩其中，最明顯者當屬克利（Paul Klee），因此這批畫作都溺陷於超現實的夢幻景象，滿帶茫然詩意。當年趙無極礙於顏色印刷費用高昂，在這個情況下他着重於線條、氣氛，畫面比較質樸簡約。

詩人亨利·米肖（Henri Michaux）看到趙無極的版畫，寫了八首散文詩，題為「讀趙無極八幅石版畫」，後來更出版了詩畫冊。他們二人的詩畫對話由這八個作品開展，展覽中沒有全數印上米肖這八首詩，但印上了他的話——

> 使直線在若即若離中顯露、折斷和顫動，而畫出悠閒漫步的曲曲折折和飄渺夢幻的蛛絲馬跡，這便是趙無極的喜好，突然之間，畫面歡愉地閃動着、帶着那種中國農村的節日氣氛，陶醉在符號的王國之中。

趙無極也為龐德（Ezra Pound）、程抱一和魯瓦（Claude Roy）的詩作繪製插圖，可見他對詩畫交流的實驗抱有盎然興趣。趙無極對這個藝術命題有深刻看法，他在自傳中說——

> 詩與畫的表達方式本質相通，都傳達生命之氣，畫筆在畫布上的運動是這樣，手在紙上寫字時的運動也是這樣，兩者都是表現而不是

再現宇宙所隱含的深意。

關於氣，總離不開韻，南北朝美學家謝赫的六法以氣韻生動為先，氣韻生動為中國繪畫的至高境界已是金科玉律。宗白華解釋道，氣韻為宇宙中鼓動萬物的「氣」的節奏、和諧。從趙無極後來的抽象繪畫，可知氣韻之法仍是不移。趙無極畫中的線條帶有生命力，色彩生成音律節奏，整體則是一股生命的氣流，躍然紙上。畫家的心控制手，手控制筆或刀，筆或刀控制色彩線條，色彩線條控制構圖畫面，畫面自是宇宙的縮影、力量與規律。內在的心性與外在的世界，奇妙地在美感中相遇，繪畫成為宗教性的美學行動實踐。

Carpenters的"Yesterday Once More"播完了。我從回憶中走出來，窗外閃現的燈光在我的腦海中，明明滅滅。

四

虹口的多倫路不長，但花很長時間才能走完。中西合璧的鴻德堂只是進場的序曲，一間又一間老房子才是主旋律，Osage和老電影咖啡館是似曾相識的連接樂段，街口的孔祥熙公館是帶有異國情調的尾奏。

多倫路的作家銅像都不會動，除非我們嘗試賦與生命的氣息。

魯迅和兩個學生討論的聲音漸漸響亮，內山完造默不作聲向前躬身。瞿秋白從椅子上站起來。馮雪峰從拱門走出去。茅盾歪着頭，看見「NEON電管廣告，射出火一樣的赤光和青磷似的綠焰：LIGHT, HEAT, POWER!」郭沫若拿着《女神》，有點憔悴，也許對上海有不好的印象：「遊閒的屍，淫囂的肉，長的男袍，短的女袖，滿目都是骷髏，滿街都是靈柩，亂闖，亂走。我的眼兒淚流，我的心兒作嘔。」葉聖陶呆若木雞，一句話也不說。沈尹默微微一笑，手中沒有毛筆。丁玲坐在Suitcase上等待胡也頻，張望路過的情侶。左聯五烈士是熱血的革命靈魂，柔石的肉身等待十個彈孔。中國左翼作家聯盟會址無聲肅立——魯迅不再侃侃而談，他的一生已經陳列在紀念館裏，書作擺滿了長長的走廊，為了忘卻的記念，他寫道：「夜正長，路也正長，我不如忘卻，不說的好罷。但我知道，即使不是我，將來總會有記起他們，再說他們的時候的。……」

從東寶興路站到靜安寺站，下車，拐一個彎，就看到張愛玲在四十年代居住過的愛丁堡公寓，現在的常德公寓。地面開了一片書坊咖啡館，我看了一眼，原來如此，便轉身離去。

不錯，我不是張迷。

一九四二年，張愛玲遷入愛丁堡公寓，以後陸續寫下《流言》各篇，談上海，談香港，風花雪月一番。整整二十年之後，身在香港的曹聚仁為《循環日報》寫「上海春秋」專欄，後來輯印成書，堪為不正規但富趣味的上海地方志，他說史地，品人物，談銀行、報紙、交通、服裝、寺廟、名園、飲食、戲劇、遊樂場，雜話連篇，不一而足。我對道路最感興趣。曹聚仁在〈霞飛路〉開篇寫道——

我在香港十多年，最頭痛的是一些以洋人為名的路名（雖然這些路名，都有來由）。我到上海第一個月，就住在一條英租界中最長譯名的馬路，叫做麥特赫司脫路。而另外一位朋友，他住在法租界的一條譯名最長的白來尼蒙馬浪路。

我記起差不多每天都經過的屯門鄉事會路，也是長長的六個字，而麥特赫司脫，原來就是 Medhurst，有趣的是，英國傳教士麥都思和他擔任領事的兒子麥華陀，都名為 Walter Henry Medhurst，但上海的麥特赫司脫路只是紀念兒子的。

麥特赫司脫路早已改名為泰興路了，從泰興路轉往康定路，這一條街道昔日名為康腦脫路，是紀念維多利亞女王的三子康諾特和斯特拉森公爵，在香港中環，有一條干諾道，分中與西兩段，也是紀念同一個人，而干諾道總是繁忙的，車來車往。

許多上海的街道，在四十年代收回租界時更改了名稱。張愛玲曾住過的常德公寓在常德路，常德路本來名為赫德路，赫德就是晚清海關總稅務司Robert Hart。在香港尖沙咀，赫德道仍在，現在並沒有甚麼特別，也沒有作家的文蹤身影，經過了，也不會留下甚麼印象。

五

我喜歡書，但更愛電影。

對於賈樟柯的紀錄片《海上傳奇》，我有點失望。但電影中有一個畫面很美，就是趙濤走在整修中的上海外灘，遠處是茫茫的一列老建築。我看過相似的畫面，那一天我剛好經過外白渡橋，烈日當空，迎面是滾滾塵沙。如果有一場微雨，些許薄霧，我所看的就跟《海上傳奇》中那一個片段差不多了。可是沒有。

那一年，周遭現實是大大小小的清拆，教人心中不是味兒。電影讓昔日的模樣長留光影之中，於是我們從《神女》、《新女性》、《馬路天使》、《新舊上海》、《十字街頭》、《摩登女性》認識上海。拍攝於民初的紀錄片《經巡中國》，有外國人眼中的上海，外灘上有許多人力車行走，商店櫛比鱗次的南京路被比喻為「百老匯」，還有不許華人進入的黃浦公共花園，那裏有日本人家庭悠閒圍坐，也有洋人在埃及進口的懸鈴木下，望着蘇州河的船隻來去。

到底影像真實，還是書本的描寫真實呢？

上海有幾間不錯的書店，其中內山書店已不再營業了，只讓人們參觀。原來內山書店賣甚麼呢？有聖經、讚美詩、文藝書籍、外文書，現在的內山書店就有一些文物、圖片和資料。

我當然相信過去的內山書店比較有書卷氣，那裏有書、藤椅、小桌、火缽、內山完造老闆、豪爽的魯迅、欠賬的葉靈鳳，也許還有從日本來的作家佐藤春夫、橫光利一、武者小路實篤。

現在的內山書店在中國工商銀行裏面，銀行跟書店有甚麼關係呢？我想到經濟蓋過文化的事實。人們工作，然後消費，然後娛樂，這是商業世界中，現代人的一般生活面貌。南京路上，永安公司、先施公司、新新公司、大新公司的百貨大樓還在，但氣派並不如舊，現在又有誰還要上舞廳呢？也許這樣的物質生活已不再新鮮，太悶了，要到四馬路走一走。

我隨意逛了藝術書坊、古籍書店、筆墨博物館，之後讀到葉靈鳳的一段話，很有意思。他在一九三七年離開上海到了暫時和平的香港，二十年後回到上海一遊，四馬路早已經變了，讓他迷路。我很喜歡他說——

> 當時我的心目中所存留的四馬路印象，還是一九三七年以前的印象，我簡直天真得認為走上那一條熟得無可再熟的馬路，即使遇到劈面走來的正是我自己，也毫不會令我驚異。

事實卻是令人驚異。我想，在商業世界裏，我們對一切刺激都已不再訝異驚奇了，那大概就是時候再一次迎向自己，重新發現真正的自己，在路上看見自己。

六

第一次去上海博物館，是二〇〇八年的 Boxing Day。一早就起床，務必在九時正開館時抵達，也許我是第一個踏進上海博物館觀賞「南陳北崔——故宮博物院、上海博物館藏陳洪綬、崔子忠書畫特展」的觀眾。

畫是帶不走的，視覺的經驗才是真正的禮物。

南陳北崔，陳崔雖然齊名，但由於崔子忠傳世之作稀少，陳洪綬則甚多，展覽幾近由陳洪綬獨領風騷。

我一直愛讀楚辭，畢業後又回到母校工作，專事研探《詩經》、楚辭與音樂的關係，同時也搜索以楚辭為題材的繪畫作品，以為比較與調劑，其中我發現陳洪綬、徐悲鴻和傅抱石的作品最值得細賞。陳洪綬有《九歌圖》傳世，為畫家十九歲時所就，當時他與來風季學《騷》於松石居。廿二年後，來氏已亡，其書《楚辭述注》付刻，以陳洪綬的十二幅圖稿為插圖。其中，《屈子行吟圖》中的屈原面目清瘦，孤寂獨行，得屈子之神緒，為陳洪綬早年之代表作，行吟圖令人想起《漁父》中的形容與對話——

> 屈原既放，遊於江潭，行吟澤畔，顏色憔悴，形容枯槁。漁父見而問之曰：「子非三閭大夫與？何故至於斯？」屈原曰：「舉世皆濁我獨清，眾人皆醉我獨醒，是以見放。」

除了《九歌圖》，陳洪綬傳世的版畫還有《水滸葉子》、《西廂記》、《博古葉子》等。這些版畫流傳廣泛，也影響了劉源、金史、三任等畫家。陳洪綬最出色是人物畫，名作《斜倚熏籠圖》堪為極品，他也工於花鳥畫，《蓮石圖軸》的蓮葉蓮萍用沒骨法，石用亂柴皴，花用雙勾；《荷花圖軸》的石用皴染，水用雲紋，都清麗非凡，見畫者之細緻筆法。

清人張庚在《國朝畫徵錄》中說陳洪綬「畫人物，軀幹偉岸，衣紋清圓細勁，有公麟、子昂之妙。設色學吳生法，其力量氣局，超拔磊落，在仇、唐之上。蓋明三百年無此筆墨也」。看過上海博物館的南陳北崔特展，確可證明這是有道理的評價，陳洪綬的人物畫成就確是非凡，工筆與寫意自然結合。明代山水畫或可以董其昌為首，花鳥畫我最愛徐渭，人物畫當可以陳洪綬為尊。

看罷上海博物館的展覽，時間尚早，就到莫干山去，拜訪攝影師羅永進。之前我看過他的「域．寓．欲——羅永進攝影展」，展出了羅永進從一九九六年到二〇〇八年來的九十六幅攝影作品，作品的質素真是不俗。羅永進善於捕捉光影、獨特的角度與對象，而美感更是必不可少的元素，例如《南屏居》這個較大型的作品，噴墨打印在三十六張宣紙上，再組合成分割的畫面，畫面上是許多不同圖案的窗櫺，古雅幽靜的氣氛輕輕越過了窗櫺的裏外。一些較小型的作品，例如四幅裱裝得像水墨畫的黑白攝影，成功地利用路和水漬、天空和建築、天和樹、牆和影的黑白對比，重建出一個古典意境的傳統世界。但另一些較小型如《異物》系列的作品，光影與物象組合成一個不太真實而略為詭異的世界，又叫人感到無法名狀的神秘。

羅永進的攝影展示了東方的美感，聚焦於光影、建築與日常生活中的微小細節，有些回歸到東方美學，有些回歸到個人片刻的情緒感覺。

在莫干山的羅永進工作室裏，我第一次見到藝術家本人，他的樣貌並不像一個知識份子，更像勤懇的工人，和他談天，我感到一份親切和善。短短的對談中，我們說到傳統與現代的對抗、創作人內心的壓抑和藝術品美感的生成……談罷，我跟羅永進和他的學生一起吃午飯，不知道為甚麼，這一頓飯至今仍未忘記。

七

今晚是平安夜。

我走到永嘉路三七一號田漢寓所，瞥見門上寫着「建於一九二七年」。石庫門里弄住宅。一九二八年著名劇作家田漢創辦南國藝術學院」。據我所知，那時候，學院院址是「上海法租界拉都路西愛咸斯路三七一號」。在這裏，師生都崇尚波希米亞精神，還未完全左傾的田漢推動小劇場演出，徐悲鴻開始繪畫

《田橫五百士》。現在，只有一支街燈讓我看清楚黑暗的石庫門，還有不絕的寒風，絮叨叨說着連綿的話。

聽着風的話，不知不覺就從永嘉路走到泰康路田子坊。本來以為這裏是藝術區，但更像一個食坊。藝術品都只是商品和裝飾，設計性太濃，藝術氣氛更少。如果徐悲鴻在此，他會怎麼評說呢？

我喜歡靜謐，肇嘉濱路上只有梧桐與街燈，沒有車，路上也許遍佈歷史的魂靈。我最喜歡這一刻的上海，夜色與昏黃的燈光抹去了一切事物，樹影綽綽，彷彿要帶我穿越良久的時光，聆聽從窗戶傳出的歌聲——誰唱的？是周璇，是白虹，是白光，是龔秋霞，是姚莉，是李香蘭，是吳鶯音。徐家匯公園裏的百代小紅樓於今還在，留聲機也許一如從前播放時代曲。

今晚是平安夜。

在徐光啟墓，十字架、石人、石馬、牌坊在黑夜中默默企立，諦聽大教堂傳來子夜彌撒的歌聲。藏書樓的木門和玻璃輕輕發出回聲，但無人聽見。我看到幾個外國人從教堂走出來，門外有幾個乞丐聚攏跪求，看見他們，我就不想走進教堂去，是的，我們應該一起被放逐。然而，今晚是充滿希望與和平的，即使我們是罪人。

我在上海的其中一夜，是平安夜，紹興路的漢源書店還有不少青年人在埋頭讀書，船開來手工皮鞋工作室裏還有人亮燈。我想起身上散發着皮革氣味的公公，可是你的面孔早就已經模糊了，我記不牢，別怪我，那時我年紀太小。我知道你曾經是上海鞋匠，也許你曾經在這裏工作，也許我應該叩門跟你問好，問你最近如何，一切都好嗎，但是沒有人，一個都沒有，然後，燈滅了。

二〇〇九年寫，二〇一一年改

廣州之夏

一

和諧號火車抵達站台，我們的話題還沒有完結，似乎關於自身的階層與身份的經驗是說不盡的，也注定難以得出一個簡單的結論。城市近了，應該下車。我回憶上一次來到這裏的情景，已是一年半以前，那是某年的除夕，不太寒冷的一天，參觀了藝術館，參觀了電影院，也跟多年沒見的W促膝談了一夜。

太熱了，風不動，不知道她們二人能不能忍受如此悶熱的天氣。因為道路工程進行中，我們左支右絀還是找不到公車站，就決定坐計程車去二沙島的廣東美術館，先悠閒地看看攝影作品，躲避凶猛的日光。

上一屆廣州國際攝影雙年展給我挺深刻的印象，兩年後再來，我發現華人攝影作品水準確實每況愈下。John 應該是雙年展中唯一的香港攝影師吧，他的作品在一堆「名牌」當中毫不遜色，脫穎而出。外國的攝影作品中，比較優秀的都跟歷史創傷記憶相關，流露出人道主義立場的悲憫，例如《攝影家》雜誌刊登的赤柬 S-21 集中營死囚照片，被放大且另闢獨立一室展覽，佈置恍若肅穆的靈堂，事實上比放置在大門口的七二九期《人民畫報》封面更教人震撼。當中男女老幼都即將面對極刑處決，我看着他們茫茫然的眼神，根本是一次殘酷錐心的死亡迫視。

雙年展設有國際視野單元，單元分為三部分，一部分展出拉美的早期攝影，另一部分展出現代的紀實攝影，例如 Paula Luttringer 拍攝的「哭牆——阿根廷秘密拘留所」（The Wailing of the Walls）系列，文本是極權統治下一些被無理羈押及虐待的女性的見證（Paula Luttringer 自己有同一經驗），影像是粗糙斑駁的廢棄囚室內部黑白照片——破裂的地板、頹然的刑具、移動的螞蟻、牆上的書寫、太高的窗戶，文本與影像的越界碰撞竟發出了女性哭泣的哀聲，令人神傷。還有一部分是尋找新的視覺語言的攝影，例如藝術家 Alfredo Jaar 製作的錄像短片裝置作品 *The Sound of Silence*，細訴已故攝影師 Kevin Carter 的普立茲獎新聞攝影作品《小女孩與兀鷹》背後的傷心故事。

我一邊看，一邊走，不覺來到了美術館的頂層，那裏有幾張按摩椅，供累透了的人一邊休息，一邊看電腦展示的當代中國攝影師簡歷。難得館方想得周到，我立刻帶她們二人來坐一坐。

我也一塊兒坐，想起樓下一群來參觀的童心未泯的小學生，不知道他們學到甚麼了呢，我只希望他們愉快地成長，長大了又不失卻對受難者的同情就好。

而我竟然對人類、對一切、對自己愈發悲觀。

好了。離開。

二

中午約了W一起吃午飯，交換了一下近況，他晚上就要坐飛機到阿聯酋首都阿布扎比公幹一個月。我們能夠見面，總算是仰賴一點點緣分。我們當初對音樂評論充滿熱誠，還打算續辦一份早夭的刊物，後來各自忙亂，在有限的空間裏尋找自己的立足點，我自己的興趣也不住轉變，似乎愈發難以成事。大家的時間確實不多，我們提出了一些看法、一些憂慮，就在繁忙的天河街頭分道揚鑣了。

她們二人打算留在天河消遣，我就獨個兒到麓湖公園旁的廣州藝術博物院參觀。博物院有高劍父、陳樹人、黎雄才、賴少其、廖冰兄、馬思聰等人的常設作品展，又有一個中國近現代文人墨跡展。也許欣賞「二高一陳」的作品機會較多，展區中的作品又不是他們的代表作，所以我看得不太投入。然而我對高劍父弟子黎雄才的作品特別感興趣。展場中的作品以晚年山水繪畫為主，尺幅不小，全皆渾厚華滋，遲軻先生說得好：「從黎雄才的山水寫生中，顯然可見他得力於五代和宋元畫家的經驗：馬遠、夏圭堅實雄勁的勾斫筆鋒，董源、巨然豐華滋潤的長皴濃苔，甚至米家（米芾、米友仁父子）山水的墨點，倪瓚空靈的乾擦，都在他嫻熟的腕指下，與真實的自然景物融為一體。」黎雄才畫作既有北宗的氣勢恢宏，又有南宗的細緻筆法，更有日本畫的朦朧渲染。只有拜看真跡才感受到當中美與力的融和互應。

從藝術博物院走出來，時候還早，登上二一九號往黃沙總站的公車，看着珠江畔的酒吧、長堤大馬路、愛群大廈、新舊建築物混雜的街區一一在身邊溜走。車子又途經多年以前我們一班率性而為的學生去過的文化公園，那一間黑漆漆的新華書店還在本來的街口位置。我可以安靜地在座椅上望向街上生活、工作、奔走、休息的人群，而我們孤立地不知道對方為甚麼要經過這裏，然後人物面孔轉瞬間磨蝕乾淨，在回憶的廢墟中又添加了一副無法認取的臉龐。

我在黃沙公車總站下車，經過蓬萊路一帶的西關老街，就到了幾年前來過的恩寧路。曾經聽說這一帶的樓房要拆建，而現在跟從前好像沒有兩樣。有的舊房子已經人去樓空，門口張貼了拆遷告示，但旁邊的房子仍有人居住或工作。拆除與保留的問題，總是言人人殊，大概有的人希望盡快遷離，有的人希望原區安置，有的人希望舊去新來，有的人希望保護特色街區。

從恩寧路往東走就是遊人必到的第十甫路和上下九路，此處一切如同往常，就是飲食、娛樂和消費的地帶。也許我焦急地離開步行街，不知不覺竟然迷了路，手上又沒有地圖，我終究要找最近的地鐵站回天河跟她們吃晚飯，詢問一位佇立在一德路路口海味雜貨鋪外的老人，他跟我說，往東一直走到海珠廣場就有地鐵站嘍。但我想不到這段路差不多要走半個小時。

在半路中途，看見一個路牌指向地鐵站，另一個指向石室聖心大教堂，既然還有一點時間，就往教堂方向走去。

還記得一個香港電台電視節目提到石室是一座哥德式雙尖塔大教堂，由花崗岩石建成，而大石竟是由香港（當時屬新安縣）的牛頭角和茶果嶺的石礦場提供。

石室的原址本為兩廣總督行署，在第二次鴉片戰爭中被夷為平地，法國傳教士明稽章得到拿破崙三世的財力支持，又有兩位法國建築師吸收了巴黎聖

母院的風格再加以設計草圖，工程由廣東石匠蔡孝擔任總管工，各方人力物力支持下就在總督行署遺址興建教堂，由同治二年到光緒十四年歷時二十五年才完成。

我隔着鐵欄欣賞夕光中呈金黃色的石室聖心大教堂的華麗建築，景物似乎不大真實，好像美好的東西總是遙遠而且不太張揚，時時需要人們的耐心和發現，才能突破那一點界限，始獲得充沛而喜悅的瞬息感受。

二〇〇九年

大海的聲音

在城市中散步，看街，看店，看別人的生活。也許，這就是旅行的意義。

那是某年仲夏的溫哥華。

當我踏足溫哥華，我所呼吸的是一種新的空氣，令人感到舒暢的空氣。我獨個兒走在街上，一個漫無目的又沒有特別計劃的旅人，背上背包，一切都很實在。

我住在溫哥華的邊緣地帶，接近廣闊的大海。那是沉思的海，將兩個世界連接起來，又將消息緩緩的告訴彼岸；那是沉思的海，日以繼夜發出歎息，而我每一晚都在聆聽中睡着。

由於昨夜太晚才睡，翌日不覺睡至日上三竿。起床時已是吃午飯的時候了，我的午餐是一件三文治和一杯咖啡，躺在草地上慢慢吃，一邊翻閱帶來的書或剛買的樂譜，一邊呷着苦澀的咖啡。

然後，我隨便乘搭一輛公共汽車，讓它帶我去並沒有預設的目的地——有一次，是一間樂器零售店。

店員靜靜地用布抹鋼琴上的塵埃——我望着他的眼，我知道甚麼是平淡的生活了——他慢條斯理地摺疊好抹琴布，轉身往櫃面找一點甚麼。我踏在咿呀作響的地板上，望望牆上的貝多芬像、舒伯特像。一個小女孩在角落的琴上彈莫札特的奏鳴曲，彷彿一股青草的氣味隨聲韻滲透整間房子，兩種感官是和諧的平衡。我置身在音樂中間，不想離開。

過了良久，我才靜靜地推開樂器零售店的門，走到行人路的另一邊，登上了一輛公共汽車，讓它帶我去另一個地方，隔着車上的窗子與櫥窗，我看着樂器發出細微的聲音，呼喚着不久就依山而歸的太陽。

車子停在洛布遜街，一條繁忙的大街，街上的車與行人川流不止，林立的商鋪、滿座的咖啡室、打扮時髦的青年、幸福的夫妻與手推嬰兒車……一幅都市的風景畫。

我走進了這幅畫，立刻聽到街角響起了披頭四的歌，我不禁好奇要看一看。

原來兩個年輕人在自彈自唱，後面還有一個鼓手。不少人站着圍觀，有的人爽快地掏出硬幣，拋進結他盒裏，發出叮噹一聲，又被歌聲掩蓋。

我聽了一會兒，遠望太陽藏身在大廈之間。我想，再不趕快走，就看不到日落了，就回頭向着太陽的方向前往。

穿過了許多條橫街窄巷，忽然一個廣闊的海港在面前伸延，直至朦朧的地平線。那是著名的英倫灣。我發現離日落的時間尚遠，便走到上一條街的咖啡室買一杯咖啡，然後坐在灣畔的長木椅上，翻開聶魯達的《二十首情詩與一首絕望的歌》，一邊讀詩，一邊等待夕陽。

坐在旁邊的一對老夫妻正在低聲談天，他們說這是全年最晚的日落，然後轉身向兒孫說，看，多美麗。

我呷了一口咖啡。聶魯達說：

俯視着黃昏，我把悲傷的網
撒向你海洋般的眼睛。
群群夜鳥啄食着第一批星星
它們的閃爍如同我愛你的那顆心。

我望向大海，斜陽冉冉即盡，像一連串的道別，餘下的日光在地平線上徘徊；太陽慢慢走到地球的另一邊，一個時差約莫十二小時的城市。

夜神騎着他的黑馬在奔馳
在原野上播撒藍色的花穗。

黑色的字和夜慢慢重疊了。

我合上了書，咖啡已經冰冷。海鷗追趕着海岸的燈火，投在水上的光像海神的手勢，那一邊是熱鬧，而我只有一個背包。

我站在英倫灣上，周遭是漆黑的陌生，經過了漫長的一天，是時候回去了。

漆黑的夜，在公路上等待班次稀疏的公共汽車。與我無關的車頭燈在身邊閃過，我無聊地將汽水罐捏做不同形狀，然後將它拋進公路，看着它不斷變化，直至扭曲。

許久才來了一輛公共汽車，空空如也的車廂，我坐在一角，看沿路的風景掠過然後消逝，進入身後的一片黑。

回到我所居住的地方，路已經完全漆黑了，好不容易才找到門與匙孔。很累了，躺在輕軟的床上，聽沉思的海發出歎息，不禁令人悠然神往，多少思憶鋪陳在遼闊無垠的太平洋上。

我徐徐轉身，就睡着了。一切都很好。

二〇〇二年

芳香

Iloilo，別人告訴我你的中文譯名是怡朗，我改不了，老是叫你，Iloilo。

Iloilo在Panay（菲律賓的一個行省）的南沿。Iloilo原名為Irong-Irong，如果讀出來，可以感到很強的節奏感。十六世紀的時候，Iloilo和其他東南亞島嶼一樣，被西班牙殖民者佔領過。現在，Iloilo屬於菲律賓，位處整個國家的正中央。

Iloilo的名字，總是令我聯想起高更筆下的Noa Noa——諾阿．諾阿——芳香的土地。Iloilo的花草芳香嗎？土壤芳香嗎？少女芳香嗎？我說不清，然而記憶中的一切常新。

從馬尼拉到 Iloilo 要坐一次飛機，我抵達馬尼拉的內陸機場，立時吃了一驚，說到底這個機場的候機室比火車站還要小。我隨着其他旅客走到停機坪，彷彿回到六十年代的粵語電影，乘客從一條逼窄的梯子走入機艙，搭客不用對號入座，隨便找一個座位就可以，反正從馬尼拉到 Iloilo 的機程很短，大概一小時而已，坐下，休息一會，就要下飛機了。

抵達 Iloilo，乘吉普車（當地人叫 Jeepney）到鄉郊。我是一個考察者，關心菲律賓的農民生活。每一次到鄉野去，都感到自己對未知的一切充滿熱切和好奇。

途中歷歷風光，依稀是王家衛的《阿飛正傳》中，張國榮尋找生母時踏足的異國，蒼蒼的高樹，低矮的芭蕉是途中慣見的景致。頹唐的電線，朽敗的木橋並不是電影世界中的佈景，從近至遠，一枝一枝電線杆佈滿眼前。司機吐着煙，車外的小孩吮吸污黑的指頭。有人穿上白袖衫，有人除下鴨嘴帽；有人將木頭搬到馬路的對面，有人發動電單車的引擎，升起了一團白色的煙，路人來不及掩口鼻，嗆起來。嬰兒咳了三聲，婦人打了一個大呵欠。老人坐着不動彷佛是籐椅的部分結構，少年赤腳飛奔，跑得比車還要快。車的前面是少年，少年的前面是路，路的前面是更長更長的路。

到了。負責接待我的馬克已經站在路口等着我。他撿起了我的行李，然後用英語向我說一聲早，我剛回了一句日安，他便拍了拍他身後的少年的頭，那少年靦腆地說你好，然後馬克搶着說：「他是約瑟，我的兒子。」

我們三人一邊走，一邊談。泥濘路並不好走，我脫下鞋襪，乾脆踏在泥巴上。身旁有一隻牛經過，一個小孩在牛背上坐着，好像一幅放大了一千倍的春牛圖。

走進馬克的房子，先洗去腳上的泥土，然後和馬克促膝長談，我告訴他，我是透過國際關注農業組織，轉介到這裏來作實地考察。「我關注的議題是農民的生計和利潤。」我說。馬克解說了本地農業生產現況，也粗略介紹這數天的旅程。

說罷，我從行囊中拿出三雙中國木筷。「這是點點心意。」「很漂亮呢。」馬克叫喚他的妻子：「德蘭，出來，將木筷放進廚櫃。」德蘭向我點點頭，便轉身回廚房燒飯。馬克帶我到山邊蹓躂，一邊談，一邊走入夜色。

Iloilo 的黑夜有許多星，夜很涼，很靜，如水。馬克抽着煙。我本來是不抽的，今晚很高興，所以陪他一起抽煙，一起喝酒。「呵，大蜥蜴，好運氣。」我沿着馬克的眼神找到牆上的巨蜥，身軀一如小鱷。我立刻學舌道：「呵，大蜥蜴，好運氣。」

此時約瑟睡了，德蘭坐在門口乘涼。她是一個沉默的婦人，有時候說了一句話，就立刻垂下頭。

德蘭說：「馬克，別迷信。」馬克伸展雙腿，輕聲道：「呵，別迷信，信天主。」我是現代城市人，關於信仰，我是不置一辭的。晚上，雲淡風清，到底如何相信，繁星的背後就是天主的眼睛呢。

「睡吧，明天有你要涉的河，明天有你要走的路。」我弄滅煙燼，德蘭將殘杯收拾，馬克領我進睡房，我彷彿聽到一句晚安。我還來不及脫衣服，就累得如一頭死驢睡去。

Iloilo，你真是令人懷念。可能，你就是芳香的土地，一如高更筆下的大溪地。

翌日，馬克領我參觀田野、大米磨坊和小農的家。農民賺的錢不多，但是他們沒有向我埋怨和訴苦。如果貧窮和饑饉是現代人趨避的不幸，對於莊稼漢來說，沒有活幹，沒有休息，沒有妻兒，沒有信仰的人才是真正的不幸。其中一個農夫指着自己的鼻子說：「我們不會餓死，因為我們是種田的人。」另一個農婦一邊伸出四隻粗粗的指頭，一邊說：「只要有水，有田，有雙手，有種子，我們就不缺甚麼。」

在回馬克家的路上，我給路邊的毒蟲叮了一口，小腿上立刻腫起一塊紅斑。馬克在路邊摘了幾片葉子，放在嘴裏嚼碎了，吐出來塗抹在紅斑上。我感到一股清涼的氣沁入腿內，不久，紅腫就消散了。

吃過夜飯，我們都很累，休息了一整晚。香煙、酒瓶和杯子在桌上絲毫不動，暗夜中的風卻不停地吹，吹落了院中的樹葉。

次日，馬克帶着德蘭、約瑟和我，坐吉普車到更僻遠的野地。下車的地方旁邊有一條江河。約瑟告訴我，全靠這條河，村裏的灌溉才不成問題。

我們沿着河岸走向上游，走了數分鐘，我們發現河裏有三四個少男少女，好像是游泳，又好像是嬉戲，又好像是洗澡，他們在湍急的水流中放聲歌唱，簡直是一群在人間暫留的天使。約瑟逗笑說：「看你們，猴兒，猴兒。」他們報以一陣噓聲。

我們愈走愈遠，走入廣闊無際的玉米地。玉米樹大概比成人高出兩個頭，我看不見他們三人了，立刻感到一陣惶恐。

「在這兒呢。」約瑟一邊說，一邊拖着我的手，他折了一條枝梗，放在我的另一隻手。「你看，玉米都收成了，我們可以用大米換他們的玉米，以物易物，多公平。」約瑟笑着說。

風吹過，枝葉搖動，微涼。面對數不盡看不完的玉米樹，我們沉默起來，走了一會，約瑟帶我離開了玉米地。

在回程途中，約瑟的肺病發作，躺在德蘭的懷裏掙扎。我不知如何是好，立刻問馬克：「怎麼辦？怎麼辦？」馬克對我說：「為他祈禱吧。」我不懂，只是呆立在原地。

我看着約瑟和德蘭，他們的身體好像一塊大理石，共同承受着人間的苦難，從他們身上我看見農民的委屈和坎坷，他們的命運反映出我自身的輕微。

此時我沒有祈禱，也沒有說話，雙腳似是在地裏生了長長的根。不久，德蘭扶着約瑟站起來，約瑟的體力很快就回復過來，拉着德蘭的手一步一步向前走，二人談笑如昔。馬克依舊滔滔不絕地向我解釋村裏的水利工程，還有堤壩的改善計劃，我沉默地聆聽着，心裏懷着許多敬意。

離開以後，我仍然懷念馬克、德蘭和約瑟，但我老是懶於寫信和溝通。你好嗎，你們都安好嗎。回港之後，Iloilo 的名字，總是令我聯想起高更筆下的 Noa Noa——諾阿．諾阿——芳香的土地。你問我，Iloilo 的花草芳香嗎？土壤芳香嗎？少女芳香嗎？我說不清，然而記憶中的一切常新。

二〇〇五年寫，二〇〇六年改

鹿港小鎮

我放下笨重的大背包，望着車窗外下午的和煦陽光，被公路上飛馳的車輛再三劃破，留下一些短暫而微不足道的影子。

電視裏的主持人解釋甚麼是散光。我立刻回過頭來，望一望車廂裏的細節。一個女學生。兩個女學生。好安靜的。風景突然停止。很多女學生上車，佔滿了全部坐位。她們還是好安靜。這時，車廂裏充滿了濃濃的汗味，大概下午操場上的體育課是蠻辛苦的了。

這是從台中到鹿港的車子。

電視裏的主持人解釋甚麼是近視。我望一望鹿港邊陲的街道，午後的蕭條，人很少，店不開。一批女學生下車，換來幾個男學生上車。汗味教人感到一點點頭昏腦脹。

車子經過文武廟，像一把剪刀，順着對角線，一直沿着中山路走，直到民權路再往東邊去。在轉向的點上，我下車了。還好，大背包並不重，不久我就找到旅店，後來我才知道價錢太貴了，有一點點後悔。

我輕鬆地回到大街上，天后宮裏善信的香燭，默然地將天空燃燒得淡淡昏黃。我不想走進擁擠的寺院，於是回到下車的地方，尋找九曲巷。

地圖中九曲巷的位置不大清楚，我在旅程中第一次問路，那對賣菜的老夫妻用台語跟我解釋，我不想打斷他們的話，就假裝全部聽得懂，他們還說道，因為建房子，所以巷的其中一個出入口堵住了，要從另一個方向進去。

九曲巷曲折，是因為寒季的九降風太猛，走着走着，我又回想起我很喜歡的台灣電影《九降風》了。原來，我們沿着九曲的巷陌，就能夠通向迂迴的記憶。

九曲巷旁邊就是埔頭街及瑤林街古蹟區，清代建築得到完整保留，但街區也難免變得商業化，有些建築拆了，有些保留了，總是有得有失。也許羅大佑

《鹿港小鎮》的歌詞說得對——「家鄉的人們得到他們想要的，卻又失去他們擁有的」。然而生活是延綿不斷的，在鹿港公會堂前面的廣場上，一個小孩對着牆壁練習投球，發出教人空虛的迴響。一個母親回家，看見門口的康乃馨，不住地問是誰送的。是的，母親節，而我在鹿港……

我一直向南走，不久就到了龍山寺。我很喜歡龍山寺的空間，一踏入山門，就看到廣闊的前埕和古樸的五門殿，穿過五門殿，面前就是戲台，中埕有兩株老榕，長廊上有夫妻、情侶在談天，疏疏落落的，正殿的咸豐龍柱不動，但夜來了。

在鹿港的暗夜裏，我一個人彳亍於街巷，周遭很靜，終於，貓和狗比人更多。鹿港國小裏還有一些少年人在練習，我立刻想起車廂裏濃濃的汗味，也想到跑步者的寂寞。我信步繞到國小旁邊的摸乳巷，其實那裏沒有甚麼特別，但我瞥見巷子轉角處一戶人家，牆上掛了直幅行楷，上題：一樂也。確是可圈可點。

夜了，人自然感到累，穿越長老教會，來到昔日鹿港的火車站。火車不再經過這裏了，明天我要先到彰化，轉到集集去。旅程才剛剛開始。

火車站沒有了火車，就安靜了。人離開自己的城市，就沉默了。在遺址前踏單車繞圈的男孩子，並不知道這些。

淡水遇雨

當捷運快速地經過關渡大橋，眼前紅樹林在望，雨點就慢慢灑落，也許叢林裏的蒼鷺第一個知道下雨的消息，戴上安全帽的單車手是第二個。

當我走出車站，驟雨初歇，抵達滬尾偕醫館時，雨卻一直下，像頑皮的小孩，教路人和我十分狼狽。我只好躲進旁邊的淡水禮拜堂，從石階上看着避雨的人穿過曲折的街巷。這一刻，只有路口的馬偕雕像，永恆的嚴肅與剛毅，而我木訥無奈。

雨不停，我萬不情願打着傘回到馬偕街，匆匆地走上行人天橋，盡頭的長多田榮吉故居尚未修復，門緊閉，要繼續走，終於到了前清淡水關稅務司官邸，才教我舒一口氣。

官邸裏有小學生在參觀，不，他們有的休息，有的談天，有的玩捉迷藏，大概我們都因為下雨，停滯在這裏，只有遠方的觀音山在霧氣中隱身，在河岸以後。

我等候了一刻鐘，觀音山依然隱約，小學生列隊離開了，古蹟導賞員仔細地向我介紹淡水的景點。她告訴我此地多雨，等下去未免消極，我也知道不宜久等，是雨天，就安然吧。我說過，雨像頑皮的小孩，但這一次格外聽話，一動身，驟雨漸漸停歇。

淡江中學和真理大學的建築群都保留歐陸古風，中學生在專心聽課，大學生都跑到校園外吃喝和抽煙。我隨着大禮拜堂雄渾的管風琴聲（大概是巴哈的賦格曲），走到真理大學的校史館，這裏昔日是牛津學堂。館員遞上一份資料，我翻到背面，上面印了馬偕牧師的一句話——「寧願燒盡，而不願鏽壞。」我覺得很有意義。

紅毛城和前清英國領事官邸，都是一級的古蹟，前者有數百年歷史，能夠保留下來已經不簡單。遊人不住地拍照留念，光影之間只有一瞬，而歷史是延綿不斷的。

當我回到淡水河岸，浪急急地拍打堤邊，卻打不斷我們閒散的習慣，風吹開陰雲，亭午的陽光並不猛烈，雨後的觀音山輪廓漸次明晰。

淡水有一間不錯的小書店，叫有河 book，詩集特別多，我翻開《又見觀音：台北山水詩選》，書中的地名索引有淡水河條目——「『淡水』即『雨水』，取流域多雨之意。」

我遊台前後九天，只有在淡水這半天遇雨。由此，我相信淡水的名字是寫實而且寫意的。

二〇一〇年

二・奈良與京都

八月的奈良

一、奈良公園

你們都走了，只有我獨自留在八月的奈良。奈良正值炎夏，我在車站佇立，汗水瞬即沾濕了手中的地圖。我將地圖翻了又翻，終於直截了當地下了決定，坐市內循環公車到奈良公園去與小鹿為伴。

一如地圖所示，奈良城區的一半都屬於公園地帶，鹿與人分別佔據了古城的一邊，兩相安好。人們喜歡餵食鹿飼，鹿都習慣了，還懂得點頭示好，好像有教養的小孩子，懂道謝。有些鹿似乎不喜歡鹿飼，安分守己地吃食青草，圍攏在日光之中草坪之上低着頭的模樣，似是神的使者諦聽着超越時光的宏亮聲音。

奈良的公園、奈良的城區，好像熟練的舞伴排演的一支慢速雙人舞，升降沉起，秩序中有穩重適度的平衡美態。當我經過城區，來到奈良公園，除了看鹿，就是觀寺——興福寺在公園之中，東大寺則靠近邊陲，兩寺腳程不遠，可在同一下午先後參觀。

每一間寺廟都有它獨特的個性，興福寺屬法相宗，寺院以五重塔為重點；東大寺屬華嚴宗，寺院則以殿為中心。興福寺和東大寺的寺內都有鹿，有好奇的遊人，有擺賣的人，有誠心求福祈禱的人，卻好像沒有一個和尚。

在興福寺，我看見一對老夫妻，丈夫似乎對宗教沒有多大熱忱，妻子則合什祈願，焚香祝福，恍如面對面向神明稟白一切。她應該是一個誠心的老婦，花白的銀髮透露出歲月和生活的風霜波折。我看着她在北圓堂、南圓堂和三重塔之間繞來走去，立時好奇她在許甚麼願。後來我才發現她孜孜不息地向長壽的神明祈禱，當我恍然有知的時候，她已駕駛電單車離開，老翁也不知所往。

我離開興福寺，經過奈良國立博物館，逕直走到東大寺，率先照面而來是高闊的南大門，牌匾上有「大華嚴寺」四字，未見佛殿，先感氣勢。穿過南大門，就是中門，向左邊一拐，就是大佛殿的入口。

只有親見東大寺的大佛殿，才能感受它的雄偉，的確是全世界最大的木造建築，據稱東大寺建於八世紀奈良時代的中葉，即聖武天皇在位之時，可惜大佛殿曾兩次遭焚，現時的大佛殿為第三代的江戶時代建築，只及原來的三分之二大小。

踏進大殿，已是斜陽西照時分，光線越過直排間隔的木窗，照入歷史的地堂，溫和地散瀉在殿內一側。盧舍那大佛像巨大無比，與仰觀者形成莊嚴的距離，只是大佛也曾多番遭殃，因此身體各個部分屬於不同的年代——手屬於桃山時代，頭則屬於江戶時代，其他部分屬於天平時代、鎌倉時代和室町時代——原來，大佛本身就是一頁時代歷史。

我繞樑再三，在菩薩與天王之間徘徊踽行，日影漸漸沉西，我仍戀戀不捨離去，平白錯失了參觀二月堂、三月堂、四月堂、戒壇堂和正倉院的機會了。

二、燈花會

時值八月，正好是奈良燈花會的節期。

所謂燈花，其實是一個又一個，百個，千個，萬個藏有蠟燭的白色小罐子。人們將小罐子密密麻麻佈置於奈良公園一帶，在午後將近黃昏的時候，年輕學生手持點燃器，逐一點亮蠟燭，連續十天，奈良變成了燈花的城市。

在三條通吃過夜飯，剛好是七時正，百無聊賴的旅人如我，難免要湊興熱鬧，看燈花。

猿澤池畔滿是觀燈花的人，岸邊垂柳青青，人們圍坐一邊納涼，一邊看一個個發亮的小罐子繞着池邊繞了一圈，守護着池中沉默無話的蛙魚。猿澤池池水清淺，坐在池的南端，可以看見整個興福寺五重塔都倒在池心之中了。

果然如是。猿澤池外是一個世界，猿澤池內別有一個世界。

坐了一會，繞着猿澤池散步，往興福寺方向走，必經五十二段。五十二段的燈花特別精緻，蠟燭不是放在白罐子裏，而是放在竹筒之中。五十二段想必有五十二階梯級吧，竹筒共分左中右三排，行人走過，如步上光亮的天梯。

晚上的興福寺五重塔有燈光照射，更覺森嚴。興福寺東大寺一帶，穿和服的女子很多，她們或是穿着淡紅的櫻花圖案服，或是穿着深藍的浪潮圖案服，頭上插一支木製的簪或釵，梳一個翻卷成圈的小髻，都有一份東方獨有的美態，又由於和服的下擺逼窄，且腳下多穿木屐或拖鞋，所以步履都是淺淺的，如工筆規整的小楷字樣。

不覺又想起穿素白和服的你。

自當天別後，我也不知往哪裏找你，在池畔寺內，街衢巷口都尋找過，總是不見。只有小鹿知道，但鹿兒不懂人語，面面相覷。時值燈花會期，我想你也會來湊熱鬧，如果能夠看見你纖巧的背影，再望見你那件近乎沒有花紋的素和服，已經感到滿足、快樂。但你沒有出現。

走到奈良縣廳，地下大堂有尺八表演，可是背景音樂實在馬虎，演奏風格未免過於現代，失卻了尺八本身的傳統聲音特色，空靈、雅致、如風，都沒有了。樂師陶醉地吹奏日本本土的情歌旋律，一些少女能隨聲韻哼唱，我不懂，心思無從寄託，只有麻木地跟隨人潮乘升降機往縣廳天台的份兒。

原來，若草山上燃點了一條大火龍，人們在指點拍照，互相讚歎，我看着看着，覺得這兒是非凡的仙境了。

然後，我再轉入東大寺，希望能找到你。此時東大寺一隅，人們都歡慶和樂，人鹿麇集，一片節日騰歡，只有我左顧右盼，心緒不寧。重遊南大門，驚覺左右各有一尊碩然企立的木雕金剛力士，怒目瞪眉，威武如好戰之神，那根本是力的化身。

是晚，東大寺中門大開，讓人細看大佛殿的神聖。我再次感歎奇工，但獨自走到這裏，遊興也快盡了，便回頭沿路撤退，走到兩相接連的浮雲園地和春日野園地。

不到園地，怎知燈花華美如許。燈花散亂放置，反而有一份隨心而來的自在美感；園地廣大，遊人自然疏落。我一邊走，一邊看着三五成群的人們好像走失了的影子，消失於黑夜的心。奈良整夜的繁星，降臨此間的浮雲園地，成為燈花，成為燭淚，但我的心思，卻像浮霞亂雲，升上了無邊的夜空之中。

三、從大明寺到唐招提寺

獨個兒留在奈良，其中一個重要目的是參觀唐招提寺和法隆寺。〇四年春，四月，微寒，一家人到母親的故鄉揚州，探親之餘，也不忘遊歷一番。揚州是古都，春風十里，大運河與垂楊柳穿插城中，隋唐二代風貌遺跡隱約可見。我還記得當時逐一參觀瘦西湖、二十四橋、五亭橋和揚州八怪紀念館，建築、景點、人物俱大名鼎鼎，然而，最難忘的還是大明寺。

大明寺內有歐陽修興建的平山堂，為寺中名勝，然而只有鑒真紀念堂才令我一見傾心。鑒真紀念堂由梁思成仿照奈良唐招提寺金堂設計，堂內有一尊鑒真像，也是仿製唐招提寺中的鑒真和尚肖像而成。我藉鑒真紀念堂初識唐代建築之美，也記下了唐招提寺的名字。後來，從《唐大和尚東征傳》和井上靖的歷史小說《天平之甍》知悉鑒真六渡重洋的來龍去脈，更令我對鑒真和尚由衷敬仰。

事隔數年，終於有機會踏入奈良的唐招提寺。

唐招提寺在奈良的城西，周遭一帶為田野和低矮的傳統民房，在「唐招提寺前」車站下車，卻不見唐招提寺，看來超凡的寺院與世俗的民居都是平等均齊。由於寺廟本身並不高大，也沒有佛塔，我只有隨着指示牌標示的方向尋找入口。

抵達唐招提寺入口，看一看手錶，還未到參觀時間，唯有看園丁打掃枯葉打發無聊的時光。

八時半。買票的時候到了，原來我是當天第一個遊客。踏進唐招提寺，才知道金堂正在維修，至二〇一〇年正值平成京遷都一千三百年之時才會重開。金堂封閉，跟甍上的鴟吻緣慳一面我無話可說，唯有用印象和想像補足眼前的缺欠。

金堂的後面是講堂，西邊是戒壇，東邊是安放佛舍利的兩層舍利殿。戒壇的外形古樸，圓頂的樣式具有印度建築的異國格調。舍利殿的東邊是分為南北兩側的禮堂，而禮堂的東邊則分別是寶藏與經藏，俱為十分古老樸素的高台校倉樣式，由削角的長支橫木柱平行搭建而成。

回到禮堂，盡處有松尾芭蕉句碑，上書——

願以青青葉

拂去淚瑩瑩

當年芭蕉訪唐招提寺後寫成的美麗詩句，猶帶三分感傷，三分敬意。句碑後是寺院的另一層次，迎面而來是地藏堂，地藏堂旁邊就是御影堂。御影堂內有日本最古老的鑒真和尚坐像乾漆雕塑以及東山魁夷的障壁畫。

御影堂內共有東山魁夷障壁畫五種，都是襖繪，畫於紙門之上。第一期作品靠近正門，分別為較小的《山雲》與較大的《濤聲》，兩個作品，一山一水，《山雲》中疊嶂重巒，雲冥霞重，嵐氣如海，高山有若一二孤島；《濤聲》中風急浪高，洪流拍岸，島石欲崩，恍如風雨中巍峨獨立的蒼山，並觀《山雲》、《濤聲》，確可明瞭山與海外形各異，但勢態如一。

第二期作品是《黃山曉雲》、《揚州薰風》、《桂林月宵》。《揚州薰風》在主廳，守護着鑒真和尚坐像，畫中多見楊柳依依，正是料峭春冷時的瘦西湖景致。我隨着東山魁夷的襖繪，彷彿感到揚州的薰風輕輕地把我再帶到母親的故鄉，鑒真的故鄉；我又好像聽見畫中有一把聲音抑揚吟詠白石詞句、杜牧詩句和《詩經》歌句，聲音打開了塵封已久的絮絮記憶，茫茫然將我拉進了另一個安然自適的美好世界。

從唐招提寺到法隆寺的路上，如此感應仍然徘徊未止，一如四邊障壁翻湧起的山雲和濤聲，越過鑒真空洞的眼睛，向我重重襲來。

奈良散記

一、法隆寺

往法隆寺之路，是回溯歷史之路。

從唐招提寺到法隆寺，不單是從奈良市內轉往斑鳩町，而是從八世紀的後半葉回到前半葉，甚至可追溯至公元六〇七年之久，換一句話來說，從唐招提寺到法隆寺就是從奈良時代回歸飛鳥時代。

法隆寺是現存世界最古的木建築物，分東西兩院，六〇七年興建，六七〇年焚毀，七一一年重建，翌年，中國的唐玄宗才登基即位。

我甫一踏近法隆寺西院中門，迎面是兩個金剛力士，拐向左邊的入口，我急不及待地望向四邊由迴廊包圍的西院建築——西邊是五重塔，東邊是金堂，一高一矮，兩者並不對稱，但一主一輔，層次井然分明。金堂的閣樓有欄杆，外有四條直立的龍柱；走廊與正廳各有寬闊屋簷，具平衡美態，令建築看似兩層，又似三層；金堂內部黑暗，雕像古樸，飛天壁畫則具西域色彩。

迴廊北面的大講堂是平安時代的建築物，共有七門，上有布幡，弘闊而莊重，令人肅然起敬。離開迴廊，經過鎌倉時代建成的聖靈院，就是大寶藏院，內裏有聖德太子的生平介紹，還有著名的玉蟲廚子。

穿越東大門，就是東院，也就是夢殿所在之處。夢殿為奈良時代的八角圓堂建築，為紀念聖德太子而建，造型獨特，予人穩重之感。

一九三六年冬，郁達夫訪日，在回國前一天他參觀了法隆寺。在致妻子王映霞的信中，郁達夫寫道：「五重塔，仁玉門，以及東院的夢殿傳法堂之類，古色古香，沒有一處不令人肅然起敬。我在這夢殿裏想起了正在受難的祖國，想起了又將紛亂的國內的政情。」更大的國難，是提筆書寫中的郁達夫所想不到的。今天的我，只有惋惜文化的失落，古老的建築在城市中被推倒，深刻的思想被詮釋為心靈的藥帖；有人在地獄裏笑，有人在天堂裏哭……

往法隆寺之路，是回溯歷史之路，一條長達一千三百年的路，完完整整地保留在此。法隆寺本身就是一本厚重的日本斷代史，飛鳥時代、奈良時代、平安時代、鎌倉時代的建築俱一一在法隆寺內並立如昔，散發異代而不同時的獨特美態，將遊人帶引到不同年代的猜想之中。殿中有夢，殿外的人也有。但我只有默然的瞻望。

二、志賀直哉和森鷗外

奈良的志賀直哉舊居，是我無意之中的發現。

從興福寺走到元興寺，然後在高畑町一帶胡亂地走，看見破舊的路牌寫上「志賀直哉舊居，前三百米」字樣，不禁好奇地要將它找出來。

其實我只讀過志賀直哉的半自傳式長篇小說《暗夜行路》，不是十分喜歡，老是覺得主角時任謙作一派貴公子氣，終日無所事事，憂鬱寡歡，又喜怒無常，太小心眼，且時常無病呻吟，未免太過自我；但我又頗欣賞《暗夜行路》的後篇，小說的故事場域從東京轉往京都，婚後的謙作受命運播弄，獨自往鳥取的伯耆大山，斷絕人際，以求自適。謙作抱着病軀，慢慢地溶入大自然之中，踏入通往寬宥與永恆的路。《暗夜行路》的後篇結尾，又替小說平添了不少分數。

抵達志賀直哉舊居，我才知道《暗夜行路》的後篇正是完成於此間。一九二九年，四十六歲的志賀直哉移居到此自行設計的房子，一住九年。舊居室內樸素雅靜，除了壁上掛着的文人合照和小說手稿，幾無一物。

郁達夫是這個文人舊居的訪客之一，更於此地與他眼中「大可以比得中國的魯迅」的志賀直哉一邊聽雨一邊談話。據郁達夫的家書所述，志賀直哉收藏了八大、沈周和元人的畫幅。可惜眼前的內室四壁清白，擺設都搬走了，略嫌冷清。

室外庭園偪促，牆垣低矮，草木也不美不芳，但遙向北望，可見御蓋山和春日山，那裏樹木連天，有不少古老的白樺樹。志賀直哉屬白樺派作家，曾與武者小路實篤、有島武郎等人合辦《白樺》雜誌，標榜理想主義、個人主義、為人生而藝術。住在此間，想必叫他想起不少舊友和往事吧。

鷗外之門，是我無意之中的又一發現。

鷗外，是指森鷗外，日本近代文學評論家兼小說家，風格多樣，與夏目漱石齊名。鷗外之門，有門無室，位處奈良國立博物館的東北角落一隅。一九一七年，森鷗外擔任帝室博物館總長兼圖書館長，翌年後的每一年秋季，森鷗外都訪問奈良正倉院；鷗外之門，其實就是森鷗外的宿舍之門。

相對於志賀直哉，我讀過森鷗外的短篇小說若干，除了日本浪漫主義先驅作《舞姫》外，還讀過上海人間書店印行的，馮雪峰（畫室）翻譯、林雨髮校正的森鷗外短篇小說集《妄想》。《妄想》收錄了小說四篇，我最欣賞其中兩篇自傳體小說，〈花子〉最富異國情調，主角是一名醫學生，他充當裸體模特兒花子和雕塑家羅丹的翻譯，從羅丹口中明白到人的身體是靈的鏡，而羅丹又從日本女人花子身上發現了「強的美」。〈妄想〉是一篇哲理小說，主角回顧往昔一生，他曾在叔本華、哈特曼和尼采的哲學中找到一點點安慰，但都終歸於失望，主角由此沉溺於厭世的思想之中。

晚年的森鷗外熱切回歸古典，創作歷史小說，最有名的當數後來被溝口健二改編為電影的《山椒大夫》，可是平心而論，電影的藝術成就已遠超原著小說之上了。

鷗外之轉變、鷗外之書、鷗外之關懷，似乎跟我的旅程有一些不謀而合之處。但是，我不能再駐足沉思下去了，明天就要離開奈良，往大阪——一個現代都市。

從鷗外之門回旅店的路上，我慢走，比平日更慢，再慢一點，且將所見事物一一記着。八月的奈良，夕陽下，沒有下午般炎熱，在街角徘徊的一頭鹿向我點點頭，但我還來不及微笑，牠已信步轉入樹叢裏了。

京都賦

一、古都一瞥

第一次遊覽京都，路程上我心中時刻惦記着川端康成的《古都》和三島由紀夫的《金閣寺》，似乎數天的行程都離不開小說的筆痕墨跡了。

甫一抵達京都站，我就急不及待轉往平安神宮，彷彿早已約定了水木真一和千重子。此時並沒有盛開的櫻花，也不是十月的時代祭節期，兩旁美術館的麻田浩展和印象派畫展也非我心中所屬。但是，就是要先來平安神宮，旅程注定了是從這裏開始的。一切都是從這裏開始的。

往何處去，怎樣走呢，川端康成在《古都》已寫得仔細清楚——

路程很遠。但是他們倆躲開電車道，從南禪寺那邊繞遠路走，穿越知恩院，通過圓山公園，踏着幽雅的小路，來到清水寺跟前。這時候，恰好天空披上了一層春天的晚霞。

經過圓山公園和高台寺，在祇園一帶略略徘徊，看看周遭一帶低矮而質樸的舊式居庭，真夠令人舒坦心情。時候還早，藝伎都在睡眠休息，她們都累了吧，我想起川端康成小說《雪國》中的藝伎駒子，在日夜顛倒的陪酒生涯中虛耗了自己的青春歲月，她的感情與犧牲只是徒勞……此時，迎面走來一個藝伎，一貫的潔白而且嫻靜的面孔，修整的髮飾和服飾，她好像細雪一般飄落，一轉身就走進了暗黑的酒館。

我慢條斯理地穿過下河原町通、二年坂和三年坂，才抵達遊人如鯽的清水寺，在木構的清水舞台上遠遠眺望，亭午的京都沒有春天的晚霞，只有灰茫茫的夏日煙雲。遠方的京都城區一片迷糊，矮矮的房子在煙霞中一如酣睡的婦人，高聳的三重塔與電視塔是一切景物的制高點，三重塔紅黑相間，在視線的右前方；電視塔在遠遠的左後方。它們是所有目光投射的方向。

我並沒有在清水舞台一躍飛下的決心，也沒有在寺院祈願世界和平的誠心；在音羽之瀧喝了一口涼涼清水，在本堂底端舉頭細賞鬼斧神工的木舞台後，就到另一些地方看看。我只想逃避摩肩擦踵的多國遊客，且將寧靜的古都還給永遠的旅人川端康成，還給一對失散多年的好姊妹，和我，這個倘佯在日本之美的小說迷。

二、宇治夕陽

抵達宇治，已是午後，時間確實不多。我沒有跟隨指示牌的方向去著名的平等院，卻是走過宇治橋，逕自前往源氏物語紀念館。

其實，我並沒有拜讀過整部《源氏物語》。來日之前，只看過一部分原著、一些評介文章以及一部蹩腳的改編電影。但我知道《源氏物語》的最後十回又稱「宇治十帖」，小說尾聲的發生場域就在此地。

源氏物語紀念館不大，只有兩個部屋，春之部屋陳列了一些平安貴族使用的東西，好像日常家具、服裝、交通用的牛車等等；秋之部屋以模型和光影展示《源氏物語》第四十五帖「橋姬」中，薰與大君中君姊妹初遇的場景。紫式部寫道：

見簾端微捲，正眺望着朦朧霧中的月色，有侍女侍候着。……簾內的人兒，有一位躲在柱後，將琵琶放置膝前，正撥弄着。此時躲在雲後的月光忽然射出。「不用扇子也可以招月亮出來哪！」那一張仰望天空的臉龐出奇嬌美。

在兩個部屋之間是電影院，放映篠田正浩導演，以「宇治十帖」為藍本的動畫《浮舟》。在學時，我看過篠田正浩的代表作《心中天網島》，改編自近松門左衛門的劇作，故事是陳舊的，拍攝手法卻相當前衛新潮。可是動畫《浮舟》實在平凡，說到底《源氏物語》還是不適合搬上銀幕。

離開源氏物語紀念館，往左一拐，前行一會，迎面就是與謝野晶子歌碑。與謝野晶子為日本女詩人，風格豪放直接，以詩集《亂髮》中的短詩聞名。與謝野晶子曾將《源氏物語》譯為現代日文，谷崎潤一郎和圓地文子都是後隨譯者而已。

與謝野晶子歌碑上有她撰書的《源氏物語禮讚》，我不諳日文，只有將最後一首詩歌原文抄錄在筆記本裏：

「夢浮橋」：明けくれに昔こひしきこころもて生くる世もはたゆめのうきはし

沿路再往前走，就是宇治上神社，可惜開放參觀時間已過，只可隔着牆垣籬笆窺望這一座簡樸的古老神社。我想，即使我向社中的神祇許願，大門也不會神奇地打開吧。緣盡於此，實在不必介懷，我相信神祇也會同意的。

再回到宇治川，站在朝霧橋上，河水還在不息流動，水上浮現許多星燦光點，是夕陽的孩子們在河邊玩耍的時刻。我慢慢地走，看着小光點慢慢地隨太陽回家，而我的旅程還是在半途之中。旅遊的小冊子上寫道，明天宇治有花火大會。在夜色之中，許多人會站在橋上和河畔看煙花，帶着期盼的眼神，抓緊美麗的片刻。但如此璀璨的夜並不屬於我，我寧願走在無人的路徑。我不能忍受煙消雲散以後黑暗撲擁身邊的失落感。

是的，明天宇治的煙花並不屬於我，我只屬於陌生的羈旅風光。

三、從金閣寺到銀閣寺

遊京都，當然要參觀金閣寺。三島由紀夫的小說、市川崑的電影都看過了，從文字到影像，現在終於到歷史的建築了。

一大清早起床，心情雀躍，從JR京都站坐公車往金閣寺。

金閣寺又名鹿苑寺，位處北山，此地原為西園寺公經的別墅，後來西園寺家家道中落，到了室町時代，足利義滿將軍得到此地並興建山莊，義滿死後，山莊又改為寺院，寺院中的舍利殿金閣名聲響亮，故名金閣寺。

甫入寺院，依傍鏡湖池的金閣便迎面而至，是日池水雖混濁不清，但日光猛烈，令金閣寺光芒閃閃，發出驕傲而刺目的光線。金閣寺共有三層，第一層是古雅貴氣的法水院，第二層是潮音洞，與法水院大小相若；第三層究竟頂較小，採用中國禪宗佛教風格，頂上立着一隻揚翅的金鳳凰。究竟頂與潮音洞的外牆、柱子、外欄皆鑲貼上金箔，華麗而且輝煌。

曾經有一位少年僧侶火燒金閣，三島由紀夫以此事件為藍本寫成小說《金閣寺》，令金閣聞名遐邇。在三島筆下，金閣彷彿就是美的象徵，令自慚形穢的孤獨少年僧不得不放火燒寺。然而，對於我，現實中的金閣寺之美未免虛幻而短暫，人們都喜歡堂皇的外表、眩目的外觀。最美麗的金閣已經消失了，眼前的建築只是昔日的幻影，竭力地發揮奪目的光芒，遮掩時間與歷史的欠缺。

從金閣寺走出來，經過堂本印象美術館，大概一刻鐘就步行到達龍安寺。

龍安寺石庭為枯山水庭園的模範，園中十五塊石頭以五、二、三、二、三的數目組合，中間鋪滿了白色沙子。庭中石頭一如島嶼，白沙一如汪洋，京都雖欠海岸線，但眼前的石庭可算是一片心靈的海洋。庭院中的石頭呈均衡的局面，觀者稍稍定神即達怡情悅性之效；抽象的序列又帶動着神秘的聲韻樂律，令人超然物外，得和諧之妙。多思者將一己身世拋入茫茫沙海，泛動沉思記憶；愛智慧的人則入定物觀，在禪意之間妙悟大道……禪講求頓悟，明心見性，不立文字；群石無言，但石庭就好像一個神妙的世界，此中果然有欲辨忘言的真意。是的。龍安寺方丈本堂，迎面的屏風就寫上了陶淵明的〈飲酒〉詩句，與石庭互相應對：

結廬在人境，而無車馬喧。
問君何能爾，心遠地自偏。
採菊東籬下，悠然見南山。
山氣日夕佳，飛鳥相與還。
此中有真意，欲辨已忘言。

從龍安寺出來，一路往南行，就到了妙心寺站，從這裏乘搭「嵐電」，沿北野線再轉嵐山本線至總站，就是著名的嵐山嵯峨野一帶。嵯峨，在桂川之北；嵐山，在桂川之南，中有一條渡月橋連接——這些，我聽聞已久，然而在龍安寺觀石後，我對美的感受彷彿有了新的轉折，好像打開了一個久封的窗子，室內就慢慢地與陌生的光線和風景融為整體，然後，室中的擺設就有了新的輪廓與面孔。

我的京都之旅，就是以龍安寺為分水嶺，以銀閣寺為句點。

我毫不諱言自己偏愛銀閣寺，遠甚於金閣寺。金閣寺是陽剛的，而銀閣寺是陰翳的。陰翳的美來自陰暗，谷崎潤一郎在文化隨筆《陰翳禮讚》中說得清楚：

> 美往往是從生活的實際中發展起來的，我們的祖先開頭是不得已住在昏暗的房子裏，但不知不覺地在陰暗之中發現了美，不久便進而為了美的目的而利用陰暗了。

銀閣寺之美，正在於它的暗啞，在於它的簡樸，在於它的陰翳氛圍。銀閣寺本堂面朝銀沙灘和向月台，都是典型的枯山水石庭。白沙的紋理規矩一如清水緩慢流動的淺灘，聚沙而成的小丘則恍似地平線上的皚皚雪山；當皓月當空，月華如洗的子夜，細沙在向月台的暗影之下折射出一點一點昏暗銀光。夜靜觀枯山水，滌盡萬般思慮，確可解人煩憂。

踱步經過東求堂，至錦鏡池的另一側，再近觀銀閣，才見其簡約。銀閣只有二層，下為心空殿，上為潮音閣，皆沉潛在寬闊屋簷投下的陰影中，顯得樸拙而內斂，又由於銀閣沒有金箔銀箔，在日光遷移的情況下，投射在木構外牆上的影子不斷轉換位置，遊人在一時三刻實難以見其千姿百態。銀閣當然遠不及金閣的輝煌，有人甚至略嫌銀閣破爛陳舊，然而銀閣之美正於它的陰翳、自然和古舊，如此美態是可以久看而不生厭的。

金閣代表的北山文化，偏愛華麗，追求極樂；銀閣代表的東山文化，尋求寧淡，在虛靜中品味人間。金閣寺與銀閣寺，北山與東山，可謂人生之二極，芸芸蒼生，有人若此，有人若彼；有人來京都就是為了往北山看金閣，也有人是為了走盡哲學之道再看銀閣。可是哲學之道旁邊的公車很少，而且等了許久都未見任何蹤影。

京都一夜

那天在往銀閣寺的途中迷了路，盲打誤撞走到京都造型藝術大學一帶，在白川通找到一間名為 Gake 的書房，面積不是十分大，但書店有個性，有獨立的風格、品味。

書店一角。一把大提琴。青年琴師拿起琴，隨意地調音，調了一會，又拉一段巴哈的第一大提琴組曲序奏，就坐下來了。

一場微型音樂會快要開始。

大提琴手的演奏方法挺新穎，他吸收了結他的彈奏技巧，時而勾指，時而拉弓，時而掃弦，時而拍線，手法巧妙多變。一個三十來歲的女歌者走到他身旁，手中一部 Yamaha 三十七鍵口風琴，唱了一兩段，就捧着琴吹十六個小節。音樂風格清新簡約，好像民謠，又像兒歌。

大概一刻鐘，音樂會就完了，人們都意猶未盡，但都默然轉身散去，走進書店的各個角落。我轉身翻一翻身邊小桌子上的書，一本改編自寺山修司電影《上海異人娼館》的同名漫畫格外吸引我的注意，法國女子O娘從小說走到日本銀幕再走進漫畫世界，在不同的媒界不停現身，說到底，都是施虐的題材引人注目，歷久不衰。

在書店的付款處旁邊，我找到不少文化藝術資訊單張，其中一張是京都南會館的電影放映時間表。太好了，在日本除了看古建築，還可以看看年輕人喜歡甚麼文化活動。我想，只有將傳統的一面與現代的一面加起來，才能得出較完整的日本印象吧。

經過鴨川的荒神橋，已近日暮黃昏。我在川中的石龜上歇息片刻，一邊喝水，一邊看婦人蹓狗，小狗一躍跳進川水之中。我和婦人都對着小狗開懷一笑。

當我再動身往前走，天色一黑，京都已經入夜了。

我在寺町通的民族樂器店裏逗留許久，試玩了各式各樣的樂器，差點忘了前往目的地。店中有來自中國的二胡和揚琴，來自印尼的鐵片琴和木片琴，來自韓國的杖鼓，而尺八和三味線則來自日本本土。我想，如果可以在這間樂器店裏開一場音樂會就好了，不同民族樂器一起合奏，那種音樂一定動聽無比。

可能音樂真的能夠令人平和友善，當我向老闆娘請教往京都藝術中心的方向，她一邊微笑，一邊着我稍等，立刻轉身向兒子嘟噥了幾句。她的兒子向我搖搖頭，做了一個關門的手勢。

我道了一聲感謝，心中不免失落，便掏出京都南會館的電影放映時間表。老闆娘看見單張一角有聯絡電話，就替我致電詢問，結果是今晚通宵營業，隨時歡迎。我喜出望外，再道一次感謝，走出店門就逕直前往京都南會館去。我在四條站搭乘地下鐵，到九條站下車。我一邊走路，一邊看着夜色中的東寺五重塔，高塔就像領路的將軍，而我只是軍旅中的一員小兵。

到達京都南會館，我立刻用數碼攝錄機將眼前所見一一拍下，工作的人員、電影特刊、海報、宣傳單張，還有《香港電影通信》都不放過。

茶座的椅子上沒有人。人們都在電影院裏看放映中的蔡明亮電影《黑眼圈》。

我問會館中的職員：「今晚是不是通宵營業？」「是，今晚通宵放映，連續播放四部神秘電影，直到明天早上。購票觀影者可以在電影院裏逗留至天亮。」「放映甚麼電影呢？」我又問。他說：「這是秘密呀。」我更好奇了，立刻追問下去。

他似乎屈服了，轉身走進放映室，拿出一本紀錄本子，翻看了一會便說：「一部日本喜劇電影，一部香港功夫電影，是成龍的；一部美國電影，一部捷克電影，是 *Closely Watched Trains*。全部電影都有日文字幕。」

我歎了一口氣，日文字幕對我沒有任何幫助。*Closely Watched Trains* 我已看過了。

在我思量的片刻，電影院散場了，人們討論着這部蔡明亮的新作，我納罕多少觀眾留意到片中引用了一段何非凡的粵曲《碧海狂僧》。我想起自己寫過一篇《黑眼圈》的短評文章。

我隨着人潮離去，又有一批人進入會館。當我下樓梯的時候，我才感到餓了，已經很晚，該去吃夜飯了。

過了一個路口，前面有一間飯館。整條街上唯一一間晚上開門的店子。我推開門，撲面是搖滾風格的日本流行曲。館子裏有兩個男員工，一個弄食物，一個接待和清潔。店子有二三十個座位，但此刻只有四個顧客，一個老邁的夜班的士司機，一個衣衫整齊的白領商人，一個穿上背心球衣的年輕人，和我。我們的面目毫無表情，疏離而冷漠，好像在電影院外等待進場的觀眾，又好像 Edward Hopper 畫幅中的人物。

九時三十七分。店內的燈帶來一片光亮。我懶於思索，點了套餐。話音未落，流行曲的聲浪掩蓋了我的聲線，歌聲重重地碰擊透明的玻璃、粉白的牆壁，再回撞我們的耳膜，但我們似乎沒有將歌曲聽進去。

京都的古本書展

抵達京都，再坐巴士，到下鴨神社。

這輛巴士往北行，將會途經金閣寺，因此遊客特別多，大家說着不同的語言，目的地都不一樣，擠着，卻不接近。巴士廣播着我不懂的地名，對我說話，但實際上是沒有意義。我是一個人，沒有旅伴，沒有手機，除了等待下車，就悶得發愁。

街上揚着黑色的旗幟，標示着「下鴨神社糺之森納涼古本書展」的字樣。在下鴨神社前站，一批戴着鴨嘴帽的老人下車，我跟着，心想一定錯不了，果然，拐了兩三個街角，穿過林蔭道，就是被聯合國評定為世界遺產的下鴨神社。

由於之前已看過太多珍貴建築，所以匆匆參觀了下鴨神社後，立刻走進糺之森。糺，糾結的意思，見於《楚辭．九章．悲回風》：「糺思心以為纕兮」。此時此際，糺之森的高樹如蓋，群木修整，中有一條通途，書攤置於兩旁。為期六天的古本書展已經開始了。

納涼古本書展在糺之森舉行，有天然冷氣機擋蔭且調節空氣，京都雖徘徊在三十三度左右，但是爽風吹拂，愛書人都不會感到悶熱，何況大會派發手扇一把，大家一邊搖扇，一邊讀書，都愜意。

古本書展有約四十家書店擺檔售書，每家書店各有特色，並不限於古本而已，北邊入口左側第一個書攤專賣兒童書，家長將孩童安頓在此，可以親子讀書，也可以讓小孩獨個兒尋找書本，自己有自己天地。

可惜的是，我不諳日文，只好安慰自己尚可觀摩，既可翻一翻古書，也買一些畫集回港。書展中，文學書特別多，一套一套的文學作家全集（如岩波書店的志賀直哉全集和漱石全集），分卷而售。除了大部頭的叢書，也少不得一本只售一百円（七元左右）的口袋書，價格廉宜，再版無數的太宰治《人間失

格》(新潮文庫)也在待價而沽。

古本書展中,除卻一套發黃的中華書局二十四史外,我再也找不到一本中文書了,只好轉看畫集和藝術書,倏然在松宮書店的攤位有所發現,一本是竹久夢二的特集,一本是東山魁夷畫書,印刷不錯,即時付鈔。在另一個書攤,一套二十卷的荒木經惟寫真全集向我招手,索價二萬円,可惜是太笨重,如果這裏是香港就好了。心癢。

有的書攤老闆夠大方,每本均價五百円,端賴買者的識見與眼力;有的書店老闆胡亂標價,同一本書在不同書攤價格差天共地,唯有看買者的個人造化了。不少書攤都不單單賣書,黑膠唱片、鐳射唱片、卡式盒帶、名優照片、色情畫報甚麼都賣,雜誌也不少呢,好像《電影旬報》、《文藝春秋》、《新潮》,新舊都有。

離開納涼古本書展時,我想起了香港。香港書展有稱散貨場,舊的書可賤賣,新的書則借此發佈推廣,製造效應。場館冷氣充足,人們擠來擁去,展期內買書雖有折扣,但閱書則毫不方便。牛棚書展初以抗衡香港書展的商業化為目的，其志可嘉，可惜時值炎炎夏天，愛書者汗流浹背，書興也不免稍減；後來牛棚書展展期移至秋冬時分，或以香港性為主題，或關懷身體性別議題，或打響書就是書的口號，都有關注主題。聽說今年香港書展入場人數破紀錄，而牛棚書展則停辦了，似乎書與商業已密切不可分割，香港人買書而不讀書，閱書而不思考，又有何益？

我想起在列車車廂裏和巴士坐位上閱讀的日本人。

二〇〇七年

大阪來的畫

關於大阪，我想起二〇〇七年的八月炎夏，登上天守閣，尋找谷崎潤一郎文學碑，在道頓堀看大蟹模型，在心齋橋的雅典書店買了森山大道的攝影集《遠野物語》，教了一課英文，寄居朋友的家，然後獨自出門，尋訪大大小小的電影院和潮流商店。也許在京都和奈良已看了不少文物，印象中沒有參觀大阪天王寺的博物館；又也許在博物館門前走過，還是沒有入內參觀。

走進香港藝術館，剛好有「大阪市立美術館藏宋、元、明中國書畫珍品展」，可以補足當年無意的遺漏，反正看傳統國畫的人相對不多，只要靜心慢慢看總能引起內心的感應。

一些作品的畫家介紹前加上一個「傳」字，大概作品不是真跡，而是後人所畫甚至假託。然而這些畫作尤其富於想像力，張僧繇的《五星二十八宿神形圖》繪星宿眾神，王維的《伏生授經圖》想像儒生伏勝講經，他清臞枯瘦，但目光有神，只穿輕紗和抱腹，坐在蒲團上，右手執卷，漢朝的老教授好像有幾分疏狂，有從大學問而來的一份自信。李成與王曉的《讀碑窠石圖》，款題曰「王曉人物，李成樹石」，固有李成畫作獨有的蟹爪樹枝，加強了陰森的氣氛，右方有玄武馱碑，我們看不到巨型碑上的文字，執仗的僕從背對着窠石、樹木和碑石，唯獨畫中騎驢戴笠的白衣文人可以辨識了，也只有他一個人仔細讀碑，面對盛世或亂世時銘刻在上的歷史記憶。

流傳下來的珍品真跡為數不少。我一邊走走看看，心裏想很久沒有看過這麼好看的展覽了。元代畫家的兩幅傑作特別耐得住仔細推敲，令我駐足不動，興許都是國破遺民的沉鬱之作，情感飽滿，卻下筆淡然，意象分明，但寄意深沉。

龔開的《瘦馬圖（駿骨圖）》令人立刻想起古道、西風、瘦馬，西風吹起了馬尾和鬃毛，最獨特是瘦馬身上的十五肋駿骨都相當清晰，龔開自題：「一從雲霧降天闕，空盡先朝十二閒，今日有誰憐駿骨，夕陽沙岸影如山。」這本是一匹駿馬，有先天的驕人才具，當下卻是骨瘦如柴，眼神抑鬱，低首而行，無法一展所長，奔馳而往，確是遺民畫者的自況，也只有身歷劫難，才可如此寄意深長。

另一幅傑作是鄭思肖的《墨蘭圖》，還記得去年討論友人馬琼珠作品中的蘭花意象時，就以這幅《墨蘭圖》為例，想不到有機會看到真跡。當時我說此作是「政治的蘭花，很枯淡，無根無土，寄託了外族統治下文人的一份悲情」，有多枯淡呢？當時只有一個概念。現在才看到畫者下筆非常簡潔，用墨少但功力深，至蘭花的尖端，墨色已是依稀，但尚有感情在，鄭思肖自題：「向來俯首問羲皇，汝是何人到此鄉。未有畫前開鼻孔，滿天浮動古馨香。」

問蘭足矣，聞蘭倒是不必，猶如讀屈賦的香草美人，人格的馨香從文字與筆墨，絲絲縷縷，浮動而來。

二〇一二年

三・地圖與手掌

鄧公祠的庭院●

龍躍頭，如果你一字一頓地慢慢讀，你會覺得這是一個頗氣派的名字。它的位置大概是粉嶺的郊區，和聯和墟保持一個曖昧的距離，既不太遙遠，又不算是毗鄰。

當我們決定了要去龍躍頭一趟，進行本地建築考察，我對龍躍頭確實是一無所知。我還抱着滿不在乎的心態，反正都是南方的民居與祠堂，應該和元朗屏山沒有甚麼兩樣。當小巴飛馳而過崇謙堂的時候，我還是這樣想。雖然，我望着這座建於一九五一年的教堂，想法已開始動搖，可是未及細看，車子早已絕塵而去，甚至麻笏圍的門樓也給拋在後面的路上。

我們在松嶺的鄧公祠下車，當導遊的陳先生已經站在門前的空地等着。我們三人立刻跑上去跟他握手。

我們遲了五分鐘，陳先生看見我們窘急的樣子，就指向空地的左面，原來厨子和女人正在弄盤菜。他說，今天是祭祖的日子，大清早還在張羅，今天晚上有一個宴會，熱熱鬧鬧。

我望着鍋裏的瓜菜和肉，已經感到很膩。胖胖的厨子正起勁翻弄食物，女人在調醬料，他們都被一股白色的煙圍攏着，香味溢滿於四周，狗一邊擺尾轉圈一邊流口水。

跨過門檻，就是鄧公祠的門廳。門上照例貼上門神，前面是庭院，那裏擠滿了圓桌。陳先生立刻解釋說，祭祖後，鄉紳們都會再聚，在這裏吃盤菜。

因為圓桌很多，庭院顯得分外逼窄了，不過天井本來就很開闊，才不至於產生很大的誤會。我們沒有逗留太久，就從庭院走上中廳，其中有數級樓梯，總共約兩呎。中廳有六條柱子，柱子都貼上了對聯，都是對美好事情的一些期望。

我停留在中廳裏，望着柱樑和斗拱，仔細端詳。斗拱的裝飾手工仔細。即使是一個不懂建築的人用心一點看一看橫樑，都會被它的雕飾吸引的。到底不難想像當時的建築師在實用性的構想以外，也尋求一點自由發揮的空間。

回首就望見匾額，用金漆寫上的三個字：「萃雲堂」，旁邊有年份：「民國十年」。

根據資料，鄧公祠建於一五二五年，一九二一年進行修葺，九〇年起重修，九二年竣工，而由於白蟻侵蝕，目前還需不斷維修。每一個建築物也有它的歷史，畢竟它見證了歷代人民的生活，也展現出某個時代某個區域的風俗和思想。想到這裏，忽然讓我感到個人的生命很有限。

我們拍了許多照片，在中廳與正廳之間有一面擋中，是為了阻隔強風，也是為了保存一點私隱。繞過擋中，就是小庭院了，果然是三進兩院式建築，後進就是正廳，有三個祭壇。

陳先生指向中間的神位，然後告訴我們那是鄧惟汲和皇姑的神位。

「時維南宋，由於外族入侵，皇姬逃難到南方，後來更嫁給錦田人鄧惟汲。到了元代，鄧惟汲的長子遷到龍躍頭，就定居於此了。」想不到小小的神位見證了一代人的遷徙流離與安居立業。

陳先生帶我們到供奉鄉賢的右殿，又指向正中的神位。

「那是鄧師孟的神位。他本來不是姓鄧的，他只是僕人，不幸他和主人被賊匪所擄。他便冒認自己是主人的兒子，願意留在賊船上作人質，賊匪便讓主人回去拿贖金，鄧師孟知道主人逃脫了，就投海自盡。因為他忠心護主，鄉人便稱他為忠僕，神位就放在這裏了。」

一個活生生的民間傳奇，總是令人感到似曾相識。

回望小庭院，下午的陽光正和煦，灑滿了石階。就在這裏，僕人和主人的兒子玩捉迷藏。或許，僕人正在收拾行裝，準備跟主人走過賊匪橫行的地方。對於過去，除了想像我們的確無能為力了，但正因為如此，我們更加愛惜現存的一切。

活在這條鄉村的人，曾經在這個小庭院玩耍，長大了就下田，老了就歸去，成為神主牌上的名字。唯一不變的只有屋頂上的獅子，永遠蹲坐在那裏，日夜瞪看幻變無常的天空。

二〇〇四年寫，二〇〇五年改

畫展．印象

年初一。除了等待親戚來拜年，實在沒有甚麼事情可以做。我看見書桌上的書擺放得太混亂了，給親戚看見不太好，便將它們弄得整齊一些，順便找一找去年忽略了的好書。在波德萊爾的《一八四六年的沙龍》與陸梅克的《現代藝術與西方文化之死》之間，我發現了Taschen出版的莫奈畫集，隨手一翻，看見封面是他的《女人與傘》，書背是《魯昂大教堂．正門．藍色的和諧》。我立刻想起尖沙咀的香港藝術館正舉辦「法國印象派繪畫珍品展」，便將書放回原來的位置，穿上鞋，跟爸媽說了一聲「很快回來呀！」，就溜到街上去。

我心裏想：大年初一，應該沒有人會到藝術館看畫吧。穿過小熊國，穿過太空館，走到藝術館門前才知道要買票。不單如此，還有百多人在我面前等待購票，唯有一邊排隊，一邊看法國印象派繪畫展的專訊。

進入藝術館，再排隊等候進場。一踏進場館，忽然人聲喧嘩，人們都對着馬奈的《吹短笛的男孩》評頭品足。其實這幅畫十分簡潔，主要是用了紅、黑和白三種顏色。藝評家兼小說家左拉認為畫面中的人物真實得有點戇憨，這個評論十分中肯，而我認為吹短笛的男孩戇憨得有點無奈，蒼白的面孔恍如是一個木偶，恐怕他也不大喜歡吹短笛吧。但是我也不得不訝異於馬奈的革新，以一個平凡的小人物作題材，將普通人放在畫面的中心位置。

隨着擁擠的人群，我好像一隻缺帆的小船般被浪潮推進，不回頭地向前走。我看見一個婦人向着未懂說話的嬰孩講述畫面的顏色、構圖和形象，嬰孩張開圓圓的小眼睛，彷彿跟母親說：知道了，知道了，可不可以告訴我更多呢？

我知道自己錯過了好些作品了，終於，我看到他的名字，就立刻站住，就像小船泊岸一樣。其實是畫作右下角的簽名令我不得不停下。在我心目中，讓我肅然的是法國詩意寫實主義電影大師 Jean Renoir（尚·雷諾亞），而在我面前的《半身像·陽光的效果》，正是他的父親 Pierre-Auguste Renoir（皮埃爾

—奧古斯特．雷諾亞）的作品。其實，除了對光線的重視外，從這一幅畫，不容易發現雷諾亞對兒子的影響。反而，卡耶博特的《賽艇》令我想起尚．雷諾亞的電影《鄉村一日》。《賽艇》中，兩隻小艇向着未知的地方前行，正如電影中的小女兒在鄉村的經歷，在舟中談笑的她不會知道一段沒有結果的感情在當天發生，旋即告終，成為她一生的遺憾……

人們又開始聚集了，是因為德加的《舞蹈課》嗎？這幅畫已作為海報張貼在地下鐵的宣傳燈箱裏，隨處都可以看到。人們在這裏是為了追認這一幅真跡吧，畢竟，它有獨一無二的價值。但我多少有一點失望，不是因為畫作的面積比想像中細小許多，而是因為它被大量複印，我們很容易找得到、看得到，也令到這一幅作品從一件藝術品變成了宣傳品。我看了一看票尾，原來也是德加的《舞蹈課》。

反而，《在股票交易所》和《咖啡館》更吸引我。《在股票交易所》裏的人物面目模糊，沒有一點生氣和活力，更沒有一點人情的味道。這一幅畫令我想起左拉的小說《貪欲》和《金錢》，尤其是薩卡爾這個角色，他投機取巧，為了發財不擇手段，充滿銅臭和俗氣。畫面左方的兩個人物好像小偷，等待機會攫取他人的金錢，而畫面的正中央是一隻手，代表了貪得無厭的欲望，也代表了欺詐的陰謀手段。

《咖啡館》又名《苦艾酒》，坐在右邊的是藝術家，中央的是女演員。他們的神情沮喪而凝滯，她好像給導演罵了一頓，而藝術家則好像因為缺乏靈感而煩惱，如果我們將他們拼湊在一起，又像一對吵架的情侶。

我想：太多人了。身邊太多人了，畫面裏全部都是人。我繞過人群，前面是風景畫，跟肖像畫相比，可說是乏人問津。其中一幅是莫奈的《維特依教堂》，但畫中的教堂沒有十字架，又沒有神父、修女和修士，驟然一看實在不能發現是教堂。但我更焦急要看他的魯昂大教堂系列，所以不能仔細看了，連《睡蓮．晚間效果》也暫且置之不顧。

這個畫展展出了莫奈的《魯昂大教堂．陽光的效果．傍晚時分》和《魯昂大教堂．從正面看到的大門．棕色的和諧》兩幅作品。我比較喜歡前者，尤其是大門的厚重筆觸做成了獨特的立體感，而色彩也十分賞心悅目。之前看過

Taschen 出版的莫奈畫集中的同一幅作品，現在細看之下，發現顏色的運用極具層次感，實在高明。

莫奈看見的是夕光中的教堂，還是教堂上的夕光呢？從畫面上看，他注重的並不是具體的建築物，也不是任何宗教性的象徵與雕刻，反而是光線與色彩。莫奈抽空了一切神聖的事物，他只信賴自己的感官、自己的視覺。然後，我覺得這些印象派畫作都是美感有餘，而反省則略有不足，無論是社會或是信仰兩個層面上，都缺乏深度的思考，實在代表了當時資產階級的保守退讓。不過，在藝術手段的探索上，這些印象派畫家卻創新前進，實在令人納罕。

略過畢沙羅的作品，終於看到塞尚的作品了，之前的印象派畫家們已取得極大的成功，但更高的成果彷彿掌握在塞尚的手中，難怪他被稱譽為「現代繪畫之父」，甚至是「前衛藝術之父」。可惜的是，這次畫展沒有展出他的代表作，但其中一幅《蓬圖瓦茲的加萊山坡》實在是佳作。塞尚的田園充滿着理性的規律，樹幹的垂直平行，房子的幾何塊面，還有山坡的立體感都令人目不暇給，恍如莫札特晚期的交響樂，既能夠經受理性的分析，又可以單憑感覺細味其中的美感。

後來，我在塞尚致貝爾納的信中看到這段話：

鋪衍自然須以圓柱體、球狀體和圓錐體，把畫面一切都置於一種恰當的透視之中，如此一個物體或一個平面的每一邊，都向一個中心點集中。利用和地平線相平行的線條，來產生寬闊感，使得畫面好像是自然的一個片段，或者，如果你喜歡這個說法，成為「無所不能的天父、永恆的神」在我們眼前展開的景象。

如果我早一點讀到這段說話，我想我能夠更好地理解塞尚，更深入地欣賞他的作品。畢竟，我早已離開藝術館的大門，回到大年初一的香港，回到我的家。我只能透過畫集細味從頭了，不，還是要到法國去。

二〇〇五年

第一號議程

帶朋友到畫廊與藝術館是一件很有趣的事情。

六月中，你從美國的西岸到上海旅行，大概數天的時間吧，你盤桓在香港，時間不多，我提議到香港藝術館看展覽，你想也不想就說，一定要去一趟。

「帶」這個字眼是名副其實的，反正每個人的品味與興趣都不同，大部分時間都是各自看的。如果你喜歡水墨畫，我不會拉着你看裝置藝術；如果你喜歡抽象派繪畫，我不會跟你討論宮廷畫。人多多少少都帶着一點偏見走進藝術館，主觀地看藝術作品。

其實，從駐足觀看的時間，我也揣摩到你的品味。對於清初六家的水墨畫，你可說是門外漢，轉了一圈就默然離開了。反而，韓志勳的現代畫吸引你仔細地觀賞。我想，這是因為你曾經修習佛學，所以你能夠明白畫中的哲理。我對佛理可是一竅不通，不過看着韓志勳在不同的時期進行不同的嘗試，由具象走進抽象，由圓的建構走進圓的解構，還有物料與技法的多番實驗，都可以感受到另一番趣味。

我們走到藝術館的另一端，看一個名為「給香港的禮物」的當代藝術展覽。

可能，你對現當代藝術的興趣比較大，我何嘗不是如此？我們都是從藝術作品中尋找不一樣的現代生活氣息。我望着花鳥蟲魚，只有感歎這些東西委實太陌生了，至於深山河谷，也不能勾起歸隱田園的衝動。

我們都喜歡劉小康的裝置作品《第一號議程》。是不是「議程」這個詞令我們記起早已拋諸腦後的工作？讓我們知道自己正在放假，正在投閒置散。

這個作品不是一疊疊白紙黑字的議程文件，而是由一組八件的椅子組成，至於質料，有的是木的、藤的，有的是不鏽鋼的，有的是金屬網的。有趣的是，這四對椅子的前方是不同的，有的凹，有的凸，就像拼圖一樣，總可以找到一個和它拼合起來的。

你看了一會，就一口咬定，這個作品是關於男性與女性的。

我未能夠判斷凸的是不是代表男性，凹的是不是代表女性，而你已經改變了詮釋的方向，便說：「這是關於資本家與窮人的。看，木與藤都是代表低下層，而不鏽鋼和金屬網呢，就是剝削人的資本家與政客。」

我頗認同你的觀點，不過這些椅子都可以和另一張椅子拼合，表明了人與人之間，還有階級與階級之間也有溝通的可能。

不論是心理分析學派，還是左派的馬克思主義，都可以成為理解這件作品的工具，馬爾庫斯（Herbert Marcuse）不是將以上兩種南轅北轍的學說混為一談嗎？我想起剛去世的蘇珊．桑塔格（Susan Sontag），她認為：「現在重要的是恢復我們的感覺。我們必需學會去更多地看，更多地聽，更多地感覺。」她教曉我們放棄單一角度的解釋，而是「更多地感覺」。

看完劉小康的作品《第一號議程》，我們都得到一點滿足感，可以離開藝術館去吃午飯了。臨行前，你在畫廊的書店買了韓志勳的畫冊，留為紀念。付錢的時候，你認真地說：「回到美國的時候，我一定要替當地基層勞工爭取一點權益和福利。」我愣了一會，說：「哦，你不是要談一場轟轟烈烈的戀愛嗎？」

二〇〇六年

培根、人與狗

你一邊搖頭，一邊說：「不喜歡培根（Francis Bacon）的畫，太暴力，太殘酷了。」

我點頭，心裏想替培根辯護，一時又找不到恰當的字眼與理由。

我點頭，不一定是因為我認同你的看法，可能是表明我明白你的想法罷了。

某日看了泰特（Tate）藝術館的季刊，裏面有一篇由《兩顆絕望的心》（*Leaving Las Vegas*）的導演米克．費格斯（Mike Figgis）寫的短文，也提到培根的畫，他是這樣說的：「太多人討論培根畫中的暴力，於我而言，我卻看見令人難以置信的美，以及對於動作的獨特理解。它們太摩登了，甚至難以想像有甚麼比培根更摩登。有甚麼比貝多芬晚期的四重奏，或者 Eric Dolphy 的唱片

Out to Lunch（1964）更摩登呢？」

讀着這一段文字，我找到了辯護的論據，但我們還沒有回到培根的畫呢，誰能單靠文字去認識一位畫家呢，還是回到實實在在的作品去。

米克·費格斯喜歡《一條狗的習作》（一九五二），我也欣賞培根畫狗，尤其是翌年所畫的《人與狗》（*Man with Dog*），一幅充滿動感的作品。培根所選用的色調偏向陰冷，街道一如無人經過的荒僻小巷，陰森而可怖。狗是白色的，面目模糊。一條虛弱的狗繩將主人與狗隻聯繫起來。主人是一團黑影，穿上黑色的皮鞋與褲子，我們看不見他的上半身與面孔，只知道他向前走着。

這一幅作品可能不太切合培根一貫的畫風，沒有扭曲的形容，也沒有支離破碎的軀體，有人會說，《人與狗》還不及培根最出色的代表作。不過，培根成功地在這一幅畫中將恐怖的感覺具體化，正如他所說的：「你可以說吶喊是個恐怖的影像；事實上，我想畫吶喊勝於恐怖。」（培根訪談之二）恐怖是抽象的，然而我們都經歷過許多遍了，恐怖並沒有帶來任何新奇。從一個人與一條狗去感受恐怖呢，倒是更有趣的事情。

我想米克・費格斯也會喜歡《人與狗》的。因為它表現出培根對於動作的獨特理解。

所謂對動作的獨特理解，重點並不是動作。動作的作用是引伸出一個場景、一個片段，它的獨特性才是關鍵。動作只是小道具，而動作背後所蘊含的獨特意義和感覺才是目的。我想起施蟄存在短篇小說〈魔道〉中塑造的黑衣裳老婦人一角，從日常生活的角度看，本來是平平無奇的。然而最終黑衣老婦成為了一個令人不寒而慄的角色，當主角收到女兒的死訊，向半夜的街上張望，「看見一個穿了黑衣裳的老婦人孤獨地踅進小巷裏去。」這個場景和動作，跟人與狗走過陰冷街巷真有異曲同工之妙。

你聽完我的辯護，還是搖搖頭，然後說：「我還是不喜歡培根的畫，太陰沉，太悲觀了。我還是喜歡光明的事物。」

我找不到另一個理由說服你了，只好將目光轉到別處。

二〇〇六年

琴樂小論

結果還是按捺不住，伸手關掉了唱機，古琴的聲音戛然而止。我坐下，合上眼。唱片停留在漆黑而密封的唱機裏好像熟睡之中。

由於工作上的要求，尋找了一些關於古琴的資料，一本書一本書翻閱了，一份樂譜一份樂譜看畢了，興致勃勃找來一張古琴大師吳景略的唱片，讓文字與符號轉變成具體的聲韻。

賦閒在家，先聽一曲《廣陵散》。

嵇康遺言《廣陵散》於今絕矣，恐怕不然，明初朱權編刊的《神奇秘譜》便收錄了此曲。許健在《琴史初編》中指出此曲並無失傳，反而不斷擴充發展，合成今本四十五段的模樣。

聽了三分鐘，實在聽不下去，我可以說，《廣陵散》一曲旋律並不動人，和聲不夠豐富，節奏過於疏落，實在有違一般人認為的好音樂的準繩。我找不到一個欣賞的角度，一個聽下去的理由。

到底，我追求的是怎樣的一種音樂？我寧願《廣陵散》只是一則故事，或者嵇康口中的一句遺言，而不是一首古琴曲。即使我可以從中國音樂美學的範疇中抽出「中和」、「淡和」、「自然」等字眼，但我還是無法將它們一一轉化成為聆聽的方法。我堅持的是「優美」、「崇高」、「情感」等字詞。至少，我可以從音樂的形式，找到評判的準則，《廣陵散》分為「開指」、「小序」、「大序」、「正聲」、「亂聲」、「後序」六個部分，然而不論是哪一個部分，我都感到束手無策。

每一次翻開魯迅校勘的《嵇康集》，我總想起他在〈魏晉風度及文章與藥及酒之關係〉的一句話：「嵇康的論文，比阮籍更好，思想新穎，往往與古時舊說反對。」阮籍的詩比嵇康好，相信沒有人反對；嵇康的文比阮籍更好，我是同意的。對於魯迅，重點似乎不在誰優誰劣，而在於「與古時舊說反對」，這一點與魯迅自己的性情和主張都比較相近吧。

〈聲無哀樂論〉是嵇康的音樂論文，《樂記》有言「治世之音安以樂，亡國之音哀以思」，嵇康卻認為「聲音自當以善惡為主，則無關於哀樂；哀樂自當以情感而後發，則無係於聲音」。反對舊說，所言非虛。嵇康的樂論是新鮮的，他認為聽樂而出現哀樂之情，則是內心先有主觀的哀樂情感，音樂只能起刺激的功用，令人情緒躁靜罷了。嵇康這一套自律論音樂美學，據說比西方的同類理論早了至少一千六百年，實在令人咋舌。

如今細讀嵇康的〈聲無哀樂論〉，只覺嵇康立意新穎；但細聽《廣陵散》，只覺聲調沉悶。作為現代作家的魯迅尚且對嵇康並不排拒，為甚麼一首《廣陵散》卻令我感到厭煩？難道我當時心裏煩躁不寧，有一些音樂無法解除的騷動，令我無法聽下去？還是我跟一些無法挽回的事物日漸疏離，而且愈走愈遠。

二〇〇七年

香港的夜空

香港管弦樂團在中環海濱主辦一場音樂會，聽眾擠滿了偌大的新填海區。幾年以前，我和其他朋友都常常到這裏來，在天星碼頭和皇后碼頭的舊址，我們唸詩、玩音樂、熱烈地討論（同一段時期，台灣的青年也為樂生院奔走）。這一天，沒有口號，沒有吶喊，也沒有論壇。我坐在軟軟的草地上，想到一些事情好像是徒勞無功，但也好像沒有過去，一如涓涓的水滴匯入一道河流，沖刷頑固的河岸。

對了，這一晚的音樂會，正是以水為主題，一開始就是韓德爾的《水上音樂》，喬治一世在英國泰晤士河上欣賞，我們在香港的維多利亞港上聆聽。我想起倫敦的韓德爾故居，可是當天沒有巴洛克音樂表演，古鍵琴在房間裏安靜無息。

然後是《赫布里底》（芬加爾洞窟），孟德爾遜創作這首作品時，只是二十歲，那一年，他在蘇格蘭的芬加爾洞窟聽到風吹過的聲音。我沒有去過蘇格蘭，看罷 *Skyfall*，我們知道 007 的故鄉就在蘇格蘭（由於 Sean Connery 是蘇格蘭人，Ian Fleming 早就在小說裏給他這個身份），那裏的人民在二〇一四年舉行獨立公投，決定國族的去向。

林姆斯基—高沙可夫的《天方夜譚》和香港新音樂之父林樂培改編的《春江花月夜》匆匆略過，就到了史密塔納的《我的祖國：莫爾道河》。因為去年泰倫斯．馬力克的《生命樹》（*Tree of Life*），我重新愛上這首作品，在長笛和豎笛的樂音裏，支流匯入河道，隨着管弦樂聲流向布拉格。

半場休息，我終於在人群中找到你了。

伯恩斯坦的《錦城春色》（*Wonderful Town*）很夠 Swing，於是大家在星空下起舞，可是我們在逼仄的空間裏動彈不得，終於坐在後面的老夫婦離開了，我們可以坐在綠色的地蓆上，加上軟軟的紅色枕頭，太舒適了，就像在自己的家裏一樣。我想起這裏是中環，是商業的金錢世界，這一個晚上，我們擁有兩個小時的文化生活，這不是例外的恩賜，而是我們應該擁有的文化空間。歌舒詠的《一個美國人在巴黎》在空氣中流動，我看着天空上稀薄的浮雲，掠過夜空，許多資本與數額也在無聲之中迅速轉移，甚麼才是確定的呢？在這個快速的城市裏，沒有人和事情可以停留不動。亞當斯（John Adams）的《快機器中的短旅程》，正是最好的寫照，木魚的聲音不停地敲，不同樂手快速地演奏，我們的時代在快機器的輪子上滑走。

成功的音樂會總有 Encore，韓德爾的《水上音樂》回歸，巴洛克音樂總有華麗的對位秩序，天空裏煙花倏然盛放，而天空下的我們，想像更美好的將來，在我城實現。

二〇一二年

地圖與手掌

尋找，也許需要地圖。

地圖標誌了一個地方的空間，範圍有大小，密度有粗疏，在不確定的時候指明方向，然而地圖也不一定是科學、精細、客觀、合乎比例而且方便的——迷路的時候總遷怒於可惡的地圖。

說香港文學中的地圖，我卻立刻想起手掌，也許是因為戴望舒在災難的歲月裏，寫成〈我用殘損的手掌〉：

無形的手掌掠過無限的江山，
手指沾了血和灰，手掌沾了陰暗，
只有那遼遠的一角依然完整，

溫暖，明朗，堅固而蓬勃生春。

詩人用殘損的手掌，打開了一個心理的空間，將角落想像成家鄉、長白山的雪峰、黃河的水、江南的水田、嶺南和南海，廣大的土地，儼如一幅內心的國境地圖，地圖不只是一張紙，而是華夏民族的心理圖景。

戴天的一九五九年殘稿共有四首，其中〈命〉也提及手掌和這個圖景：

我攤開手掌好比攤開
那張秋海棠的葉子
把命運的秘密公開
這條是黃河充滿激情
那條是長江裝着磅礡
我收起手掌
聽到一聲

骨的呻吟

詩人最後說骨的呻吟，似乎是反諷，復又帶有抑鬱，激情、磅礴和命運的秘密公開又收起了，詩人的骨是他的內心世界，這一聲呻吟可以是去國的吟哦，也可以是命運和身份不再確定的反應。

香港從一九四九年前後的難民社會，轉變成我城，疆界劃定，卻又要併入帝國的幅員之中，地圖需要重畫，身份因而再度重置，在過渡期的最後階段，梁秉鈞寫了〈重畫地圖〉：

我們在心裏不斷重畫已有的地圖
移換不同的中心與邊緣　　拆去舊界
自由遷徙來往　　建立本來沒有的關連

廣漠中偶然閃過
　一些游離的訊息
在浮泛的光幕底下
　逐漸晃現了陸地的影子

梁秉鈞所寫的地圖，也指向人們畫定的歷史，中原與外圍、中心與邊緣之間，邊界挪移，互相關連對話，似是要拆開一些偏見和誤解，也重提被放逐和忽略的事物，「把實在的地形翻成更寬敞的地圖」。

不單單文學，一代又一代的人以殘損的手掌，刻劃出心理的圖景，認同與不認同、肯定與不肯定、理解與不理解，一旦過於自信或無法落實，一時迷路，總遷怒於可惡的地圖。也許回到過去的歷史經驗，重畫內心的地圖，才看見彼岸的風光常在，一再等待細心的遊人來訪。

二〇一三年

屯門滄桑錄

西新界仲夏

過去多年，我在屯門嶺南大學上班，平日每一天坐巴士，一來一回，從西九龍到屯門，又從西新界回到市區去，成為必然的路線。

風景看得多，也沒有甚麼感覺了。從美孚上公路，巴士就自自然然加速，是葵涌，荃灣，汀九，深井，青龍頭，大欖，小欖，依序而來，路線不會變。巴士很快就到青山灣，以及隨後的屯門市中心，巴士慢慢地減速了，在第一個車站，總有幾個人要下車和上車。

有時候，我也不大理會窗外的風光，只顧低頭看書看雜誌。有時巴士中的電視廣播太吵，無法集中精神，就看看窗外，那一天也許是晴天，是陰天，或者雨天，因此，不同的光線改變了事物的模樣，倒過來就改變了自己的心情。

有一次是晴天，光線充足，遠遠看到綠色的青山，甚至更遠的海面和地平線。有一次大霧瀰漫屯門公路，車外一片白茫茫，好像希臘導演安哲羅普洛斯（Theo Angelopoulos）鏡頭下的霧中風景。還有一次遇到滂沱大雨，巴士彷彿是正在冒出水面的潛水艇。

路線是一樣的，人卻會變，但更多的是一種淡淡的茫然。其實變，也不多，平常都是不憂，不怒，也不喜，只要睡得好，就不累。時間如此流逝，自己好像沒有活過，平白，平凡，平淡，在這四十五分鐘的時間裏。

四十五分鐘，可以看一個短篇小說，或者幾首詩。因為在西新界上班，也看看過去作家怎樣寫西新界，韓愈和劉禹錫的詩可能太遙遠，想起好幾篇香港西新界文學作品，譬如力匡〈沒有陽光的早晨〉、西西〈虎地〉和也斯〈愛美麗在屯門〉三篇小說，而寫過西新界風光的作家詩人也有一些，許多作品在歷史中悄然消失，有的找回來了，有人好好保存、研究。滄海桑田，風景難免變化，好的文學作品卻有頑強的生命力……

巴士拐彎轉入屯門市中心，打斷了我的思路。巴士承載仲夏的陽光，從市區來到屯門了。

達德學院與新墟

巴士沿着青山公路青山灣段，轉到新墟段，在右手邊的中華基督教會何福堂書院和拔臣學校之間，有一棟歷史建築，裝飾派的建築，卻有青釉中式瓦片鋪成的廡殿式屋頂，跟兩所學校的建築風格並不一樣，這是何福堂會所內的馬禮遜樓，從前是蔡廷鍇將軍的別墅、達德學院的主樓，後來蔡廷鍇將別墅售予倫敦傳道會，六十年代業權再轉移到中華基督教會香港區會，這座中西合璧的主樓命名為馬禮遜樓，以紀念第一位來華的基督新教傳教士。

蔡廷鍇是抗日名將，他曾在福建反蔣，一九三三年底參與成立中華共和國，組織人民革命政府，可是革命很快就失敗，蔡廷鍇抵達香港，旋即周遊列國，在自傳中他提及去過星洲、庇能、錫蘭、孟買、埃及、威尼斯、羅馬、邦貝、日內瓦、維也納、匈牙利、捷克斯洛伐克、柏林、漢堡、丹麥、荷蘭、比利時、巴黎、倫敦、紐約、波士頓、費城、華盛頓、芝加哥、羅省、三藩市、檀香山、澳侖、雪梨、美利濱、岷里拉等，期間甚至拜會過墨索里尼，後來返回香港，過農家生活。一九三六年，蔡廷鍇在屯門青山的別墅建成，名為「瀧江別墅」，蔡廷鍇妻子彭惠芳因難產在香港逝世，故別墅又名「芳園」。

十年過去，一九四六年，國共內戰，一些進步的大學教師與青年遭受迫害，移居香港，左翼民主人士就計劃在香港建立高等院校，於是由中國共產黨和左翼民主人士合作成立達德學院，借用蔡廷鍇的芳園為校舍，設商經、法政、文哲、新聞四系。

達德學院的學生活動不少，他們排演多個戲劇，又積極自辦刊物雜誌，商經系編《新經濟》、法政系編《政風》、文哲系編《孺子牛》、學生自治會編《號角》、編委會編《達德青年》、南洋學生編《椰風》、廣西學生編《青鋒》、文哲系師生出版文藝叢刊《海燕》和《關於創作》，甚具言論自由、自主氣氛。

可是英治政府認為達德學院內有左傾政治工作，於是在一九四九年撤銷達德學院的註冊執照，封閉學校，於是許多師生北上，參與游擊戰和建國工作。

達德學院文哲系的老師有黃藥眠、司馬文森、林林、鍾敬文等，茅盾、夏衍、曹禺、郭沫若、馮乃超、黃谷柳、臧克家曾講專題講座，文哲系的學生有戈雲、張琮、俞百巍、張壽頤等等。

俞百巍以筆名盧璟，在上海《新詩潮》叢刊第二輯發表〈新墟呵，新墟〉[1]一詩。詩作寫於一九四八年一月，達德學院學生俞百巍身在香港青山新墟，他描述了眼前的新墟，「簡直和別處的墟場一個模樣——／十來間店鋪，／開設在馬路兩旁／懶洋洋地，靜悄悄地——／新墟呵，新墟／它的血流得很慢／它沒有夢想」，新墟只是屯門的一個普通墟場，相對於充滿熱血和夢想，新墟的居民生活是懶洋洋的，新墟是安靜的、平凡的。

俞百巍用快照般的敘述方式，如實捕捉了店鋪的模樣，大至櫃枱，小至塵埃，然而行文沒有帶着太強烈的感情色彩和現實批判，直至最後詩人寫道：「新墟呵，新墟／它的血流得很慢很慢／而且，它不安地沉睡着……」前後呼應，新墟的血還是流得很慢，沒有與中原的內戰聯繫起來，如果說新墟不安地沉睡，不如說，關心戰事的詩人不安地棲居於青山新墟，將個人內在情感投射到外在的新墟，又或者詩人為了沉睡未醒的新墟而不安。

如今，新墟還是平凡，往北面行駛的輕鐵，離開何福堂站，很快就到達新墟站。在平日，不是上課下課的時間，在站裏候車的人甚少，新墟的血還是流得很慢很慢很慢。

虎地禁閉營

從新墟站往北走，不用半個小時就到了嶺南大學，達德學院在新墟，而嶺

---

1 盧璟（俞百巍）：〈新墟呵，新墟〉，原刊於《新詩潮》叢刊第二輯，一九四八年三月，頁一；後收入陳智德編：《三、四〇年代香港詩選》，香港：嶺南大學人文學科研究中心，二〇〇三年，頁一九五—一九七。另收入陳智德編：《香港文學大系・新詩卷》，香港：商務印書館（香港）有限公司，二〇一四年，頁二一八—二一九。

南大學就在虎地。

虎地有老虎嗎？沒有相關記載。過去虎地有村落，分上中下村，上村在南，下村在北，大概在八十年代，政府在虎地設立了越南難民禁閉中心，禁閉營拆除後，興建了嶺南大學和大廈屋苑。現在的虎地，就是嶺南大學、富泰邨及清涼法苑一帶，昔日的虎地村村公所還在大學側門旁邊。

虎地沒有留下禁閉營的一磚半瓦，但西西的小說是最好的文字見證。〈虎地〉[2]是西西寫於一九八七年的短篇小說作品，一共分為五段，西西以「虎地」作起興，先言「虎地」而引起「苦地」及美洲虎的思考聯想。

十六歲的越南船民阿勇，在虎地禁閉營中生活，阿勇眼中的虎地大概也是「苦地」，不可以自由出入。鐵絲網內的美洲虎，跟阿勇一樣被禁閉沒有自由，美洲虎的夢，卻有自由穿過一切，回到森林和原野。西西在第三段，將重點轉往鐵絲網本身：「鐵絲網的意思永遠是行人止步。當鐵絲網生鏽的時候，彷彿這冰冷的金屬居然也有生老病死，而它，也彷彿要經過許多的年代才會死去，那麼緩慢，那麼堅持。有時候，經過一道生了鏽的鐵絲網，上面爬滿了翠綠的喇叭花，如果我們側耳細聽，喇叭花裏傳來的也許是鐵絲網綿綿不絕的絮語，講述它才知道的種種故事。」我們不必怪罪鐵絲網，爬滿了喇叭花的鐵絲網彷佛自有生命，因為作者以人文的眼光穿透了人物、動物、死物。

在鐵絲網裏不可以隨意走動，活在小小的地方沒有自由，然而外邊的世界總有人不懷好意，肆意傷害，〈虎地〉的第四段，動物園的餵飼員講述自己的職責，又提及小美洲虎二黑被鐵絲網外的兇手殺害，鐵絲網也保護不了小虎，無法限制人的邪惡念頭。小說的最後一段主要是男護衛員「我」的獨白，對象是女清潔工蓮姑，他們談論禁閉營裏的暴力事件，以及鐵絲網的設置問題。

西西藉着籠內小虎的被殺與營內孩子被殺將兩段連接起來，殘酷的事實發生在營內營外，人像野獸凶狠。最後西西指出人們站在公園看收容中心的房子，好像那是一座動物園。她走筆至此將個人反省的聲音凌駕於小說人物的聲

---

2 西西：〈虎地〉，原刊於《八方文藝叢刊》第五輯，一九八七年四月，頁三—一一；後收入《手卷》，台北：洪範書店有限公司，一九八八年，頁一二一—一三八。另收入何福仁編：《西西卷》，香港：三聯書店（香港）有限公司，一九九二年，頁一七七—一八六。

音之上，同時將鐵絲網上升至人性的其中一面，並重申「虎地」及「苦地」的思考聯想：

> 我們這裏會不會也建起鐵絲網，把打架的人分開？我怎麼知道呢。鐵絲網又有甚麼用（你說得對，蓮姑，鐵絲網又有甚麼用）？多高的鐵絲網也有人爬過去的，還有，打架的人所以打架，是因為他們的心中也有一道一道的鐵絲網。這又怎麼辦呢？唉，蓮姑，鐵絲網也不知道是甚麼人的發明，它真是一件奇異的東西，連妳，連我，也好像給它圍在裏面了。所有的人站立的地方，都是鐵絲網圍着的小小的一片苦地啊。

作者顯然對於虎地禁閉營及其他難民營的船民充滿同情憐愛（小說中的人物「蓮姑」諧音「憐孤」），對小人物倍加細心觀察，對邊緣社群的苦況有所反映，而對於船民的慘況，西西作出了控訴怨斥，但一點兒都不過分煽情，反而運用多樣的、現代的手法進行書寫。

西西的小說〈虎地〉，結構上以鐵絲網為中心，起初從鐵絲網內不自由的人與動物開始，轉往對鐵絲網本身的關注思考，然後收結於鐵絲網內工作的有自由的人，寫他們怎樣看鐵絲網內外的人與動物。我們又怎樣看這重重的鐵絲網呢？

虎地禁閉營已不存在，虎地不再是苦地，在大學裏，每一天都有研究和教學的活動，西西小說中的人文精神和批判，我們如何守護呢？

嶺南大學裏的麒麟圍義塚

嶺南大學不大，後山一邊人跡罕至，直到我看了陳雲的專欄文章〈義塚〉[3]，才知道大學後山有涼亭和義塚，涼亭中有石碑，上有〈麒麟圍建築義塚

3 陳雲：〈義塚〉，原刊於 *am730*，二〇一二年十一月六日，轉角；後收入《香港大靈異（二集）》，香港：花千樹出版有限公司，二〇一三年，頁四四－四七。

碑誌〉，陳雲所錄如下：

蓋聞澤施枯骨，萬年欽西伯之仁。祭奠孤魂，千年頌武侯之德……吾儕擇里居仁，存心博愛，宜引為良法，務期見諸實事者也。茲我麒麟圍合居數族，人同一心，見夫圍背後山，門前側近，荒塚纍纍，無碑無碣，悉是絕嗣之墓，莫非失祀之骸。荒草迷離，竟為藏狐之藪，清明寒食，莫飛化蝶之灰。……於樨香苑後山，覓得牛眠之地，搜集遺骸，恰成二百，卜時安葬。……從此年年祭祀，衣冠兩濟……並泐貞珉之石，清涼亭畔，永垂不朽。是為序。……民國十五年歲次丙寅仲冬。

在急速發展的現代城市中，願意生育下一代的人愈來愈少，而我們如何直面難免必有一死的人生？逝去的人，到了甚麼地方？只有在世的人，在生活裏感受人間。

前人眼見麒麟圍的後山荒塚纍纍，許多塚墓再無人理會，有心人搜集遺骸，重新安葬，建亭立碑。可是，過了將近一個世紀，麒麟圍早已滄海桑田，麒麟圍建築的義塚，就此埋沒在嶺南大學後山。有時我想，當我在圖書館翻閱舊時書報，尋找昔日佳作，偶有發現，就正如當年鄉紳與村民，收拾遺骸，建成義塚碑亭，而我就在一本又一本的舊作重編書籍裏，建築起文學的義塚，令棄置消失的作品，有安頓的居所，直至這些文學的義塚，再度被人遺忘，那時候還有沒有人搜集收拾呢？

藍地與誠實的味道

在虎地以北，是藍地，也就是屯門的東北端。

藍地還有傳統墟市的模樣，裏面有小店、茶樓、茶餐廳、日本料理店等等，在秋冬時節，天氣涼爽，我喜歡從嶺南大學走路到藍地吃午飯，然而我對藍地所知不多。

麥樹堅在〈藍地（1989—1990）〉[4]一詩寫下了當地的生活面貌，詩人下筆平實自然，記憶當年的茶樓景象：「每一張枱都是一件盛事，一場喜宴」，而那裏有許多老人，唯獨是詩人和他小妹年紀還小。在第二節，詩人和小妹走在路上，看帳篷下的攤檔，農家蹲着，蔬果還有農田的香味。他提到佛寺，也許是藍地大街旁邊的妙法寺了。在第三節，詩人寫道：「回家的路繞過一片叫桃園圍的／蕉林。潮濕的泥土，悅目的啡色／一種誠實的味道，伴着蟬鳴的早晨／曬着村屋生鏽的鐵皮屋頂」。

藍地和桃園圍一帶，在二十多年間，變化不大，麥樹堅所寫的公路對面的大廈，大概是兆康苑，現在的大廈比過去更多了，但蹲着的農家和騎單車送新鮮蔬果的人，卻已少見。香港的農業式微，而農家樸素的心腸、村落中一種誠實的味道，已經一點一滴不見了，吃藍地農家菜的時候，有時我會想起消失的一切。

屯門的市井生活文化

也斯〈愛美麗在屯門〉[5]收錄於小說集《後殖民食物與愛情》之中，也是「西新界小說」中最多地方風物文化描寫的作品。

也斯在一九九七年加入嶺南大學中文系，二〇〇七年我才來嶺南工作，之前我對屯門所知不多，而他當然早已是識途老馬，因為他帶路，我才知道元朗、三聖、藍地、新墟等地方，都有不少別具特色的食店。

也斯的西新界活動版圖跨越屯門與元朗，正如〈愛美麗在屯門〉中的愛美麗，生於元朗大水渠旁邊，由於失業，她從港島回到屯門井財街的茶餐廳工作。愛美麗的父親因為工作勞累加上喪妻引致憂鬱，漫遊於西新界的愛美麗抱

---

4 麥樹堅：〈藍地（1989—1990）〉，《石沉舊海》，香港：匯智出版有限公司，二〇〇四年，頁四七—四九。

5 也斯：〈愛美麗在屯門〉，原刊於《香港文學》第二〇五期，二〇〇二年一月，頁四—七；後有增訂版本收入黃子平、許子東編：《香港短篇小說選 2002—2003》，香港：三聯書店（香港）有限公司，二〇〇六年，頁一—一七。另收入也斯：《後殖民食物與愛情》，香港：牛津大學出版社，二〇〇九年，頁九八—一一八。

着觀音像與各種食物合照，借離家觀音的名義，每星期向父親寄出有食物的明信片，希望恢復父親對日常生活的興趣。於是，愛美麗去了許多地方，在杯渡路、新墟街市、大興工廠區、黃金海岸、嶺南大學門前、嘉多利灣留下了遊蹤，甚至去到屯門以外的深井和元朗。

然而，父親患上肺癌，愛美麗只好不斷找治療方法，終於用化療令父親好轉。小說的末段中，愛美麗決心考上銀行職位，與男朋友羅傑分手，小說也在羅傑的沉思與夢境中結束。

小說中愛美麗的父親驗出了末期肺癌，不幸也斯患上相同的惡疾，愛美麗的父親好轉了，可是也斯沒有，他在二〇一三年走了，我們還有許多話題，沒有談個夠；許多計劃，沒有完成。他走了以後，大家的生活還是繼續，而屯門也不斷變化，每個禮拜都有新片上映，但我缺少了一個可以毫無忌憚談天討論的良師益友。

也斯喜歡法國電影，小說的情節借用了尚—皮亞．桑里（Jean-Pierre Jeunet）電影《天使愛美麗》（*Le Fabuleux Destin d'Amélie Poulain*）的內容橋段，還有女主角愛美麗及其父親的人物形象，而一切情節都本地化了，事情轉變到屯門、元朗一帶發生，人物都是香港小市民。

也斯是出色的城市觀察者，小說中的愛時髦與愛美麗，是兩種典型的香港女生；中上環與西新界，是香港中心與邊陲地帶的互相對照。也斯透過愛美麗的漫遊、發現和觀察，揭示出西新界的地域市井文化和當地居民的生活情狀，甚至乎一些民生社會問題。愛美麗將觀音像與各色各種食物合照，觀音代表的超凡脫俗與飲食代表的人間日常無分軒輊，恰恰反映出也斯對地區文化、日常生活及人倫關係的額外關注。

若果小說的第一段指涉電影《天使愛美麗》，第二段則更像回到五六十年代的粵語通俗情節劇或倫理片傳統，父親的形象也愈來愈像粵語片中的苦男子。愛美麗好心安排未能如願，父親不住咳嗽，「愛美麗為他斟了一杯暖開水，順手拿開杯旁皺成一團的紙巾，扔到廚房垃圾箱時，瞥見白紙巾張開露出暗紅血花」。而診斷後，愛美麗理所當然痛哭不停。最終，小說中父親好轉過來，再進一步肯定了愛美麗的孝心義行，好像強化了道德教化意味，而且肯定了通俗情節劇中毫不含糊的黑白分明世界，好心自然有好報，有神庇佑。

小說的第三段焦點從愛美麗轉到外籍大學教師羅傑。愛美麗不再是樸素屯門女子，她搖身一變為獨立的白領女性，投身財務工作，而羅傑是一位忙碌的教師，帶着西方的文化興趣來到香港，與愛美麗的本土趣味大相逕庭。但由於愛情令羅傑接近香港和屯門，更多接觸中國文化與香港文化，小說中的屯門就好像成為了市井情懷的象徵，甚至於香港文化的其中一個面相。

屯門女子好像被中環價值吸納了，但她的心永遠屬於屯門，她可以不斷改變自己，唯獨她本土的出身、身份和內心，不會變化。

關於屯門的餘話

屯門是香港西北面的新市鎮，如果要來屯門，也不一定是坐巴士，西鐵的總站是屯門，尾二的站是兆康，兆康站不遠處，就是嶺南大學。屯門並不如想像般遙遠（只要屯門公路不塞車），輕鐵將屯門的大小角落，以至元朗和天水圍連繫起來。屯門的面積其實不小，許多地方我也沒有去過，例如海邊的龍鼓灘，東邊的九逕山，西邊的青山。屯門的許多地方，都沒有作家留下文學的蹤跡。

我不知道南北朝劉宋時，杯渡禪師是不是真的可以用大木杯渡水，甚至來到屯門杯渡山，但今時今日，青山寺依然供奉杯渡禪師，禪院門前有一座石牌坊，港督金文泰親筆書寫橫匾「香海名山」。杯渡禪師和金文泰都是從遠方而來，杯渡帶來一頁神異傳奇，而金文泰雖然是英國殖民地總督，卻熟悉中國文化，在香港保存中國傳統文化命脈，影響至今。

我也不知道唐代時，韓愈和劉禹錫是不是真的來到屯門，唯有詩句長存。韓愈寫下〈贈別元十八協律〉詩之六：「兩巖雖云牢，木石互飛發。屯門雖云高，亦映波濤沒。」劉禹錫寫下〈踏潮歌〉詩之六：「屯門積日無回飆，滄波不歸成踏潮。」當代香港詩人羈魂，也寫下〈屯門〉[6]一詩，回應韓愈和劉禹

---

6 羈魂：〈屯門〉，原刊《詩風》第五十六期，一九七七年一月，頁二二；後收入《折戟》，香港：詩風社，一九七八年，頁四〇—四二。

錫：「萬里滄波不歸／積日迴飆未踏／獨走無路還有高山第一」，而在日漸商業化的香港，羈魂有深刻的感慨：「失衣亡鉢的三聖竟廢為／四季腥臊的好一墟／熱鬧」。

韓愈應該沒有來過屯門，許地山和羅香林已有研究，青山頂峰上的「高山第一」的石刻，傳為韓愈所題，其實是北宋鄧符協摹刻。羅香林的〈屯門與其地自唐至明之海上交通〉[7]是一篇很詳細的屯門歷史論文，作者說唐宋之時，屯門為中外商船集碇之地，有府兵鎮守，宋代時香港有屯門寨、官富寨、大嶼山寨，防護鹽場和海域，在明代，葡萄牙人（明人稱為佛朗機）在達馬柯（Tamao，即屯門）立石柱，刻葡國徽章，後來朝廷決意驅逐葡人，廣東巡海道汪鋐在屯門灣大勝葡軍，葡人轉佔澳門，可是明末倭寇海盜作亂，屯門也衰落了。

時過境遷，遷界令使屯門四野荒蕪，屯門在復界後重新發展，有人的地方，也留下文化和文學，涉及屯門的香港文學作品中，西西的〈虎地〉和也斯的〈愛美麗在屯門〉兩篇小說最為出色，小說中都有不少篇幅放在外來者審視香港的情節，無論是越南船民，還是外籍大學教師，他們的視域反映出作者的關懷與思考。西西描寫的屯門只為作品帶來起興的作用，從虎地及於難民、美洲虎和鐵絲網，最終重點落在船民問題的社會控訴以及人性的思考上。

也斯描寫的屯門，建基於十分實在的當地生活體驗，也斯關注當地的民生民情，又對可能受人忽視的香港文化和生活世態，作出生動的刻劃和紀錄，而在〈愛美麗在屯門〉中，終於提及了在屯門土生土長的新一代年輕人，也就是肯定或忘卻自己出身的愛美麗及愛時髦。屯門以至香港的市井生活文化，有沒有新的變化與可能呢？且看新一代的香港人、屯門人，如何重新定義我們的城市、我們的思路、我們的生活。

二〇一五年

7 羅香林：〈屯門與其地自唐至明之海上交通〉，原刊《新亞學報》第二卷第二期，一九五七年，頁二七一—三〇〇；後收入羅香林等著：《一八四二年以前之香港及其對外交通：香港前代史》，香港：中國學社，一九五九年，頁二一—四六。

觀看與記憶●

如此過了差不多十年。

二〇〇七年我出版了第一本詩集《記憶前書》，之後還有繼續創作，包括詩與散文，而評論就寫得更多了。

我一直嘗試與電影、劇作和藝術作品對話，不論是畢加索版畫、Ivy Ma的作品、羅聘與黃般若的水墨畫、莎士比亞的名劇，還是雲．溫達斯（Wim Wenders）的電影，在對話中我嘗試尋找自己的感受與角度，而遊詩也寫了不少，十年來我去過一些國家與城市，盡量不走馬看花，二〇〇七年去關西，二〇一一年去柏林、巴黎、倫敦、劍橋，二〇一二年去馬來西亞，這幾趟旅程，都令我看到世界的他方，另一種生活的方式，以及歷史的深刻痕跡。

觀看藝術，觀看世界，也觀照自己，然而我並不認為我了解自己，靈魂像神秘的存在，牽連自我的精神、情感與身體。

二〇一五年，感謝何鴻毅家族基金和一眾評審的支持，我可以參加愛荷華大學（University of Iowa）的「國際寫作計劃」（International Writing Program），在美國逗留兩個半月，專心創作、閱讀和思考，不着邊際地討論，參與越界演出，用廣東話和英文朗讀自己的詩作，在課堂內外引介香港文化與文學。

香港是發達的國際大都會，在這裏創作嚴肅的文學作品，面對的大概不是生活受到威脅，而是令人略為不安的冷漠與靜寂，以至於個人默默堅持的創作動力，是否無以為繼。也許我期待安定自由的創作環境太久了，在八月底，剛入住愛荷華的 Iowa House 不久，我就開始創作「愛荷華詩抄」——〈有人在黑夜的街角彈琴〉寫了各國作家晚上留連至夜深的酒吧、咖啡店旁邊一部臨時放置的直立式鋼琴。創作〈騷靈音樂會〉當天，由於大雨滂沱，音樂會取消，幸好有新相識的朋友手持雨傘，跟我一邊走一邊談天。

〈河岸〉所寫的地方，是愛荷華的城市公園，跟 Iowa House 僅一河之隔，我最喜歡在下午時到此踱步沉思，第一次去城市公園是加拿大詩人 Rachel 的提議，後來在她的生日會裏，我朗讀了這首詩，由翻譯工作坊學生 Mary 英譯的版本。Iowa House 的 Common Room，總是熱鬧，自發的朗誦會和派對，差不多每個禮拜都有，直到最後的一周。

〈安娜曼蒂耶塔〉所寫的古巴藝術家 Ana Mendieta（1948—1985），曾就讀於愛荷華大學，在紐約墮樓身亡，死因還是未解的謎團。有一天晚上，電影放映會還未結束，我跟瑞典詩人 Marie 就走到 Public Space One 地下室看學生的行為藝術表演和朗讀會，第二天我就到圖書館借了 Ana Mendieta 的作品集，歎為觀止，後來到十一月，離開美國的當天上午，還是濕冷的下雨天，我決定以紐約的現代藝術博物館（MoMA, Museum of Modern Art）為整個美國旅程的終點站，可是現當代的藝術作品太多了，根本看不完，但我在 Transmissions: Art in Eastern Europe and Latin America, 1960—1980 展廳中，看到 Ana Mendieta 的攝影作品。

〈神與兔子〉的緣起是草原之光書店（Prairie Lights Books）的一場新書發佈會，草原之光書店是愛荷華的地標，每個禮拜都有不少朗誦會和讀書會，有時參與者多，擠滿二樓的活動區。新書談論希伯來聖經的翻譯，令我想到一些神與人之間的問題。

創作、朗誦、翻譯、演說、上課、行山、吃喝、跳舞、看電影、談天說地，我們在愛荷華大學過了一個月，終於有一個短途旅程，到大城市芝加哥，短短兩三天我去了千禧公園（Millennium Park）、芝加哥大學（University of Chicago）、芝加哥藝術博物館（Art Institute of Chicago）和黑人住宅區Bronzeville，芝加哥河畔的建築有獨特風格，但我也目睹了城市貧窮的問題，有感而發寫了一首有意批判現實的詩作。

芝加哥之旅完結，前後五天的紐奧良之旅緊接開展，於是我寫了「紐奧良詩抄」，當我坐在紐奧良的街車，我想到香港的電車，法國區的街頭音樂和爵士樂，令人感受到美國南方的頹廢本色，「紐奧良詩抄」一共五首，一天一首，好像日記。

旅程的最後一個活動，是紐約詩人之家（Poets House）的朗誦會，我記得當天走了許多路，去了著名的Strand Bookstore（我幾乎每一天都去看看），還有重建中的九一一世貿遺址。在華爾街的某個公共空間，我讀着差不多十年來我寫過的所有詩作，以及英譯——原來自己看了、想了這許多東西，這些詩作還可以感動別人嗎，我不知道。

天色已暗，微風，我走在華爾街高高的商廈之間，一個人向詩人之家走去。

二〇一六年，詩集《記憶後書》後記

林風眠的痛苦

二〇一七年十一月底，晚秋，微寒，我有機會再遊杭州，抵埗次日早上，吃完早餐，我就踏上停靠在工地旁邊的共享單車，沿湖墅南路南行直赴西湖。

屈指一算，上一次到杭州已是二〇〇九年，又八年了。這次有公事在身，而且酒店與西湖有一段距離，曾想過不要勉強趕赴西湖一遊，但細想後覺得不對，機不可失，還是盡快動身。

西湖一帶的改變甚大，商業化是不在話下，幸好湖濱仍是舊模樣，沿着南山路走，右方是湖，左方就是中國美術學院，我也不禁想起中國美術學院前身的國立杭州藝術專科學校，而首任校長，正是現代畫家林風眠（一九〇〇—一九九一）。

林風眠早在二十六歲，就擔任國立北平藝術專門學校校長了，兩年後他南下杭州，擔任杭州藝專校長。然而林風眠的一生，可謂歷盡坎坷，經歷抗日戰爭以及政治迫害不在話下，對一個創作者來說，自己的作品被毀，甚至因形勢所迫而親手將作品毀壞，才是藝術家的痛苦之至。晚年定居香港的林風眠，憑着記憶重畫自己的作品，往昔作品可以隔世重生，不單是畫家之幸，也是觀者之福。

林風眠以繪畫仕女、西湖風景、戲曲人物水墨畫聞名，然而，最教我注目的卻是林風眠作於一九八九年的《噩夢》、《基督》、《痛苦》等沉哀之作。我無意在此一一細表，只想說一說其中的《痛苦》。

林風眠的《痛苦》有二，第一幅《痛苦》是油畫，作於一九二九年，又稱《人類的痛苦》。畫作跟其他林風眠的二十年代作品如《人道》（一九二七）等一樣，毀於抗日時期，只存粗糙的印刷圖片。小說家無名氏在隨筆集《沉思試驗》中形容《痛苦》有「德拉克羅爾的浪漫風，後期印象派的情調，中世紀宗教畫的構圖，東一個西一個的痛苦的人臉，全宇宙陷在絕望中」。（〈林風眠——東方文藝復興的先驅者〉）《林風眠論》的編者鄭朝形容說：「從正、背、站、俯、仰、欹、側各個角度，表現出各種內心強烈痛苦的情狀。」（《林風眠早期的繪畫藝術》）林風眠又曾自言《痛苦》是由於友人在國民黨清黨時被殺害，感到痛苦，畫成了「一種殘殺人類的情景」。

畫作無存，我們只可以靠零碎資料重組模樣；又正因為不存在，林風眠早年的人道主義油畫已成了中國現代繪畫歷史中的神話。其後，他從西方現代主義畫風抽身而退，步入東方與西方交融的新的藝術世界，他的作品在意境上具有東方神韻，纖巧恬靜，雅致靈秀，在手法上又廣納西方的構圖、用色、光影等形式手法，開啟了中西合璧的藝術坦途。

一九七七年，林風眠隻身來到香港，暫時寄居於九龍彌敦道的中僑國貨公司，並以賣畫維生，除了重繪舊作，也開展「人生百態」組畫，分別為《戲如人生》、《勞作》、《尋求》、《孤獨》、《等待》、《捕》、《護》、《逃》、《問》九幅，其中《捕》和《問》都畫了兩個人，並以魚為意象，有論者說是關乎林風眠被捕入獄和天問，但《捕》的右下角有幾條魚，「捕」大概是指捕魚，不是人，而畫中兩人，應該是耶穌基督和使徒彼得，至於《問》中兩人，也是基督和彼得，大概是指彼得對信仰的疑問，以至基督復活後三次問彼得「你愛我嗎？」其實，林風眠香港時期的畫作，以基督宗教為題材，並不罕見，而且意在刻劃出人的痛苦與超越。

林風眠執筆再畫《痛苦》，時維一九八九年，殘殺人類的情景竟在中國重現。林風眠的《痛苦》作於香港，是舊作的重畫，但已跟前作大不相同。新的《痛苦》具有表現主義風格，線條運筆粗獷厚重，用色以藍和黑為主，黑暗之間有些微光如即將熄滅的火焰，映襯着黑暗幽森的畫面，殊異帶來了對比；一眾女體面目哀憐，前景偏左的女性人頭好像人的眼睛，當觀者看畫，畫中人又看着觀者，現實與藝術並非兩相軒輊，在沉默無言之中，畫中人與觀者利用眼神交換着痛苦的歎喟。

輾轉六十年，晚年的林風眠又回到早年的人道主義精神，《人生百態》組畫、《基督》、《噩夢》和《痛苦》等作品，保持了畫家的個人風格，向外伸延觸及社會時事，體現出類乎宗教情操的悲天憫人之心懷。林風眠藝術作品的美和力，最終，收結於苦難與同情之中，畫出了崇高而真誠的句點。

二〇一七年

四・歐遊心影錄

倫敦，第一個下午

Eurostar 列車緩緩停下來，我也從巴黎轉抵倫敦了。我調校好手錶時計，又賺了一個小時。這一個小時，我要找旅舍，將沉重的行李放下。

國王十字火車站（King's Cross Railway Station）的人不多，今天是禮拜日，然而我沒有心情到九又四分之三月台胡鬧一番。行李實在好重。首選的旅舍在倫敦橋（London Bridge）附近，但還是在火車站一帶找下榻的地方吧。

放下行李，一身自由。我沿着 Farringdon Road 往南走，經過著名英國樂隊 Keane 的成名地 Betsey Trotwood 酒館，還有空置了的古老 Smithfield 市場，一路走，面前的大樓愈來愈有氣派了，一街之隔，就是中央刑事法庭，人稱 Old Bailey，入口上面寫着：「保護貧民的小孩，處罰違法者」（Defend the

Children of the Poor & Punish the Wrongdoer）。Old Bailey的圓頂上，正義女神企立着，一手拿天平，一手拿利劍，金光燦然。我想香港百多年的英國殖民歷史，最寶貴的遺產，就是不偏不倚的法治精神。

當然Old Bailey不算是景點了。拐一個彎，面前就是聖保羅大教堂（Saint Paul's Cathedral）。著名建築師雷恩爵士（Christopher Wren）的偉大作品，英國巴洛克風格的代表建築物，活生生地在面前聳立。賀利思（Leo Hollis）的《倫敦的崛起：知識份子打造的城市》（*London Rising: The Men Who Made Modern London*）中說得好，聖保羅大教堂除了是神聖的地方，也是代表英國走向現代強盛的標誌。倫敦在一六六六年被一場災難性的大火破壞，然而這也是一次契機，讓倫敦重建起來，十八世紀的倫敦，成為歐洲現代化的傑出城市，到十九世紀的維多利亞時期更是大放異彩。聖保羅大教堂正是倫敦崛起的象徵，也許七、八月的奧運會是另一次機會，拭目以待吧。

聖保羅大教堂也曾吸引過全球的目光，例如三十多年前查理斯王子與戴安娜王妃的婚禮，而我更有興趣的，不單是遠處可見的圓頂，教堂地下室的雷恩、納爾遜將軍、威靈頓公爵三人之墓，門外的安妮女王像，亨利．摩爾（Henry Moore）的母與子雕塑，還有鄧約翰（John Donne）的遺像。他不僅曾是大教堂的教長，而且是英國玄學派詩人的代表。

鄧約翰有一首名作叫〈死亡別狂傲〉（"Death Be Not Proud"），很多人翻譯過、研究過，而我最愛這一首：「沒有人是一個島，自給自足；每個人都是大陸的一部分，整體的一片段。如果一塊土地被海浪沖走，則歐洲的損失，正如沖走了一角海岬，沖走了你朋友的田莊或是你自己的田莊。不論誰死了，我都受損，因為我和人類息息相關。所以不要派人去問：喪鐘為誰而敲。喪鐘為你而敲。」（余光中譯）人雖然走了，但他的詩作仍有人再三細讀，而面前他的肖像還在。

離開聖保羅大教堂，繼續往南邊走，經過一排棕式的辦公樓，前面就是千禧橋，可以越過泰晤士河。老實說，千禧橋並不美，但橋的另一邊，就有莎士比亞環球劇場（Shakespeare's Globe Theatre）和泰特現代美術館（Tate Modern），我決定先去劇場。

環球劇場和大教堂一樣也是重建的，原來的劇場早在一六四四年就拆毀了，眼前的建築是一九九七年才建成，但我們能夠感受到莎士比亞年代的劇場模樣。我們依稀可以聽到看到莎士比亞筆下的喜與哀、歷史人物振振有辭的演說、奇譎莫測的傳奇。可是十月到翌年四月才是劇季，我只能參觀一下而已。

如果，我是站在露天院子裏汗流浹背的臭家伙，又如果，我是包房裏的閒雅的貴族或紳士，又或者，我是樓座裏的樂師、舞台上的演員……我一路聽着講解員的詳細介紹，一面想着我的角色、我的身份、我的位置，在歷史、藝術與神聖面前，我們是微不足道的，就好像嬰兒車上孤獨的孩子，只可以乖乖安坐，目瞪口呆面對眼前一切的美好。

倫敦，第一個晚上●

電視一路直播倫敦奧運，我在看，其實沒有。我想起去年二月的長途旅程，最後一站，也是倫敦。

第一天下午，我參觀了莎士比亞環球劇場，然後穿過南華克大教堂（Southwark Cathedral），往倫敦橋地鐵站去。玩火的賣藝人在隧道裏表演，我也無暇細看了。

目的地是Bishopgate的舊史匹托菲爾德市集（Old Spitalfield Market），那裏與倫敦城區的蕭條與古雅截然不同，熱熱鬧鬧，衣服、食品、擺設、舊書、工藝品，各種各樣的東西買賣都有，我穿插在人群當中，看平民的假日生活，卻只是鬧市中的一個孤獨者。

從下午到黃昏，天色一路轉差，陰沉的雨天，倫敦的雨天。我從城東轉移到城西，從西敏寺地鐵站走出來，抬頭一看，是大笨鐘、西敏寺和偌大的灰濛濛雲朵，在快入夜的片刻黃昏，我只參觀了西敏寺的中殿和大迴廊，順道也聽一場音樂會。

我隨其他聽眾經過西敏寺西邊大門進入教堂，門上立着十個二十世紀的殉道者，當中有在奧斯維辛集中營被殺的波蘭神父聖國柏、德國神學家潘霍華、民權領袖馬丁路德金、薩爾瓦多大主教 Oscar Romero、中國牧師王志明等等。六時正，教堂內迴響着巴哈、孟德爾遜和 Maurice Duruflé 的管風琴作品，教堂外的光線必然更少而雨點更多，殉道者的面孔在黑夜之中依舊站立，而大迴廊更加昏暗，等待黑衣的修道者拿起蠟燭，將歷史照亮。

當我離開西敏寺，天全黑，一小窪積水在階梯上，一陣帶雨點的寒風從泰晤士河升起，吹到教堂的正門，拂動我的大衣，輕觸我脆弱的頸項和手肘。我立時戴上帽子和手套，低頭往白廳（Whitehall）的方向走，那一小段路程，因為眼鏡上的水點令焦點模糊，車頭的燈光令景觀變得毫不真實。唐寧街首相府與國防部的守衛森嚴，不容參觀或避雨。

一個異鄉遊人，精神過於滿足，身上並沒有多餘的零錢，吃晚飯是最惱人的問題。雨夜中的特拉法加廣場（Trafalgar Square）空曠，人很少，燈光更少，不宜久留，我走進街口的 Tesco 超市，胡亂地買了一袋吃喝的東西。

嗯，沒有吃東西的地方。

我瞥見聖馬丁教堂（St. Martin-in-the-Fields）還開門，想也不想就過馬路，走進去，站在人家的門口吃吃喝喝。教堂的接待員大概估量到，我不是參加禮拜的教徒，但他沒有趕我走，還對我說——「外面下大雨，又冷，進來吧。」我求之不得，大堂有地方坐，還有陣陣暖氣吹來，不久耳邊就傳來諧協的聖詩。

我靜靜地喝着葡萄汁，雖然沒有參與教徒的儀節，卻因為好心腸的接待員，好像成為他們當中的一份子，大愛之中無分彼此的善意的整體。

看畫的晴日

第二天，晴，暖。也許是因為情人節，河岸清朗，辦公室女郎挑選最鮮紅的高跟鞋，幾乎將紅色的電話亭也比下去，色彩堪與湛藍的天空互為對照。

我隨着下坡的街道來到聖保羅大教堂，再往西沿泰晤士河北岸道信步而行。異國情調的獅身人面像雙雙守護着埃及方尖石碑，而我遠望對岸的「倫敦眼」將歷史與時間循環，紡織着行人的生命。「倫敦眼」旁邊是倫敦市政廳，部分已劃為電影博物館，當中有小津安二郎的展覽，繼續探詢傳統的人在現代世界如何淡然自處，這一邊的大笨鐘下是西敏宮，國會議員也許在雄辯滔滔，可是我沒有資格像梁啟超先生般旁聽下議院、逸話巴力門了。

我跟獅心王理查的動態背道而馳，沿路折返岸邊的 Somerset House，參觀

科爾陶德畫廊（Courtauld Gallery），如願以償看到馬奈（Édouard Manet）的名作《女神遊樂廳的吧台》（*A Bar at the Folies-Bergère*），對照福柯的闡述，看馬奈如何安排不同觀看者的位置與視點。然而，我更喜歡貝利尼（Giovanni Bellini）的《刺殺殉道者聖彼得》（*The Assassination of Saint Peter Martyr*），除了血腥的暴力，我還看到肉體的忿然與靈魂的純潔。

中午的特拉法加廣場遊人不少但並不擁擠，站在半空中的納爾遜將軍應該很孤獨了。我攀上基石，倚着銅獅子，看着遠處無聲的大笨鐘，匆匆地吃便捷的午餐。香港滙豐銀行門前也有銅獅子，好像是遠東遺留的一對失落子嗣。

今天的任務是看畫，英國國家畫廊（National gallery）、國家肖像畫廊（National Portrait Gallery）和泰特英國美術館（Tate Britain）都一一參觀過了，確實有點太過頭，有必要擇日重看（最終因為時間不夠未能完全達成）。布萊克（William Blake）、前拉斐爾派、透納（J.M.W Turner）和培根（Francis Bacon）的名作逐一相認——記住了嗎，我的眼睛忽然變成了一部數碼攝影機。

下午看白金漢宮（Buckingham Palace）的守衛換班，自嘲其實無甚可觀，權充片刻暫休。六時正，三個美術館都關門了，是時候回到市中心的查令十字路。萊斯特廣場（Leicester square）是電影院的集中地，情人節的晚上，一如每個平凡的日子，人們在此相約、聚集、離開、分散。我是看熱鬧的人，漫無目的地在閃光與夜影中緩緩行走，直到親切的唐人街，那裏張燈結綵，農曆新年的氣氛依稀存在，漢字像失落的兄弟一一湧到眼前，但我遊興將盡，還是鼓起餘勁一路走回國王十字車站旁的旅舍。

也許是因為情人節，熱鬧的地方更加熱鬧，冷清的地方更加冷清。我和你在街角不經意對望時，好像有話要說，但彷彿大家心裏知曉，其實，並沒有任何特別的用意，尤其是這一天。

雕塑與瓮城

過去兩年，「英國製造——英國文化協會當代藝術展1980—2010」先後在成都、西安、香港和蘇州展出，看過的朋友有種種意見。我沒有置喙，過後印象也不深刻，卻老是想起去年初在倫敦皇家藝術學院看的「英國現代雕塑」展覽。

當天一早我就坐巴士到皇家阿爾伯特音樂廳，然後在肯辛頓公園看了印度雕塑家 Anish Kapoor 的公共藝術作品。早上的空氣清新，我再漫步到旁邊的海德公園，看看學員騎馬行經天鵝喝水的湖畔、饞嘴的小松鼠翻弄垃圾，輕鬆地度過了一個微寒早晨。

沿着 Piccadilly，就抵達倫敦皇家藝術學院了。當天看「英國現代雕塑」展覽的人不少，因為有學生參觀，老師除了簡介歷史，也不斷問學生「這是雕塑嗎」，好像要引發他們思考。

英國二十世紀最著名的雕塑家大概是 Barbara Hepworth 和 Henry Moore，展覽中選取了他們的名作。前者的作品較抽象，後者相對具體，也為香港人所熟悉，中環的交易廣場就有他的名作《雙橢形》（*Double Oval*），可是匆忙的路人大多無暇一顧。

英國當代雕塑不時衝擊原有的藝術理解，雕塑愈發傾向像裝置藝術，對空間及媒體運用的探索，大於對形式本身的追求，Victor Pasmore 和 Richard Hamilton 的《一個展示品》（*An Exhibit*），難得對兩邊都有關注，整個空間被許多垂吊的顏色／透明板塊切割，空間徹底抽象化之餘，也思考了形式的秩序及建構。

著名的英國青年藝術家（YBAs）Damien Hirst 和 Sarah Lucas，現在都不是青年了。Sarah Lucas 的《手提吸煙空間》（*Portable Smoking Area*）很簡單，一張椅和一個可以升高放下的木箱，如要抽煙，一放下木箱罩着頭部就是私人空間。Damien Hirst 的《讓我們今天去野餐》（*Let's Eat Outdoors Today*）是展覽中最矚目的作品，兩間互通的巨大玻璃房，一邊是燒烤爐，肉上養着成百上千的蒼蠅；另一邊是人們吃剩的野餐食物，大群蒼蠅在此開大餐，但玻璃房內又有一個滅蠅器，蒼蠅一碰就死。這個令每一個人震驚的（雕塑？裝置？）作品，反思了文明習慣、悠閒生活的陰暗面，也教人直面可怕的現實，甚至出生、朽壞、滅亡循環的不變道理。

下午，我從皇家藝術學院轉往瓷城藝術中心（Barbican Centre），當天沒有甚麼特別的展覽，但我很喜歡那個地方。不單是建築的現代感與粗野感，以及鮮紅色的郵箱是我小時候所常見，更由於房屋與藝術場地在此渾然結合，跟香港慣見的住宅與商場密不可分，截然不同。人除了是消費者，還有藝術與精神生活的需求，我想像圖書館、音樂廳、電影院、展覽廳，在街角路旁、在天橋上、在車廂中、在日常身邊。

STAMPED MAIL
METER MAIL

濟慈與古甕

美的事物是一種永恆的愉悅：
它的美與日俱增；它永不湮滅，
它永不消亡；為了我們，它永遠
保留着一處幽境，讓我們安眠，
充滿了美夢、健康、寧靜的呼吸。

我在地鐵裏，一抬頭就看到濟慈〈恩弟米安〉（“Endymion”，上引屠岸譯本）開首的名句。老問題又在心頭冒出來：為甚麼香港的地鐵只有廣告，卻沒有一句半句詩行，文學在哪裏？詩在哪裏？

我在漢普斯特公園（Hampstead Heath）站下車，在站外走了一會就知道，公園比我想像中的大，地圖已經不管用了，獨個兒胡亂行走的結果只有一個：迷路。此時，眼前有一位女士和大狼狗在路途上，我立刻上前詢問，她微笑說大家可以一起走，直到大路盡頭的肯伍德館（Kenwood House）。

狼狗像一隻專注的搜索犬，輕巧地走過一個個泥灘，滿不在乎，它四條腿都已黑乎乎了，卻有更多原始的野性。如果我們早三四百年到這裏來，一定是為了狩獵。公園的泥濘爬上我的鞋和她的長靴，我安心地將方向與目的地拋諸腦後，只是互相閒談，這是倫敦旅程的倒數第二天，我已急不及待總結豐足的見聞。

不遠處就是肯伍德館，我們分道揚鑣，輕輕點頭道再見。我簡單地參觀這座大屋，看了幾幅荷蘭畫家的名作，也坐在外面的長椅上，寫了一首詩。後來詩作丟失了，只記得詩中有風箏、霧和樹的意象。

看清楚漢普斯特公園的地圖，我就沿着池畔的一條大路往山腳走。是的，我到這裏來就是要看看濟慈故居（Keats house）。

故居的外牆粉白，簡單而平凡的兩層民房，詩人只是人群中的一個，除了詩作，沒有可以炫耀的東西。住在漢普斯特期間，濟慈寫了六首頌詩，我很喜歡〈希臘古甕頌〉（"Ode on a Grecian Urn"，下引穆旦譯本），不下於最著名的〈夜鶯頌〉：

哦，希臘的形狀！唯美的觀照！
上面綴有石雕的男人和女人，
還有林木，和踐踏過的青草；
沉默的形體呵，你像是「永恆」
使人超越思想：呵，冰冷的牧歌！
等暮年使這一世代都凋落，
只有你如舊；在另外的一些
憂傷中，你會撫慰後人說：
「美即是真，真即是美，」這就包括

你們所知道、和該知道的一切。

在同一天的下午，我從漢普斯特轉往布盧姆斯伯里（Bloomsbury），在大英博物館走了半天。我在希臘古甕的陳列室前站立良久，看着雄偉的眾神如常企立，會飲的男子依然痛快地喝酒，樂師還在賣力演奏，沒有半點疲憊，只有觀看的人，在你面前一個個老去，直至虛無的靜止。

你好，柏林

周末下午，一口氣看畢佛列茲．朗的《賭徒馬布斯博士》，花了約莫四小時，人很累，立刻要睡午覺。為甚麼午覺總是沒有夢？也好。我不想看到馬布斯博士猙獰的面孔。

《賭徒馬布斯博士》有兩集——「我們時代的形象」和「地獄：當代人的遊戲」，那是一個怎樣的時代？大戰後的德國教我感到陌生。去年在柏林，我看到一個整潔的有秩序的大城市，畢直的通衢大道、有禮貌的人、乾淨的地鐵和小旅舍。

白淨淨的街，因為地面有雪。兩天以後，我站在勃蘭登堡門下，雪愈下愈大。

沒有閘門的地鐵站。有高高的綠色大閘的動物園。我沿着六月十七日大道走，穿越蒂爾加滕（Tiergarten），勝利女神獨自在半空企立，也許有一個好心腸的天使站在紀念柱邊，守護脆弱的蒼生。

死亡令人脆弱。靈魂與肉體在瞬間分離，沒有影像和聲頻，這個城市、這個國家，見證了太多的死亡。曾經分隔許多生命的勃蘭登堡門上，勝利女神駕着四馬戰車，向東邊奔走，許多無名戰士一個個倒下，他們在菩提樹下大街（Unter den Linden）上行走，魂靈不散——這就是柏林，好像每一刻都要令人感到歷史的沉重，令你不自覺淚如泉湧再立刻蒸發，又彷彿有把聲音告訴你要好好活下去，因為在好多人面前，你並沒有太多悲傷的權利。

大道上，申克爾（Karl Friedrich Schinkel）設計的新崗哨，現在是紀念戰爭與暴政的犧牲者的紀念堂。崗哨裏只有一個藝術品，在正中央，柯勒惠支（Käthe Kollwitz）的雕塑《母親與亡子》。暗黑的大堂裏，神聖的光線從天花板而來，保護着生者與死者。母親擁抱着死去的兒子哭泣——因為戰爭，因為獨裁者，因為國家，因為民主，兒子不會再回來，但也一定會回來。

光明再從天而來，沒有聲音。

德國歷史博物館裏，有「希特勒與德國人：國家與罪行」（Hitler and the Germans: Nation and Crime）展覽，這是自第二次世界大戰結束以來，第一個以希特勒為題的大型展覽，展廳裏不同年紀的人摩肩擦踵，重新面對不光彩的現代歷史。我看到一個展櫃裏，有六個希特勒頭像，青銅的、黃銅的、黑銅的、黃金的、陶泥的。獨裁者的陰魂睜開十二隻眼睛，不分晝夜尋找愚昧的人民，施展最後的手段。

或許馬布斯博士也在歷史博物館裏，化身易容，催眠不理性的人，又或許他在某張歷史資料圖片裏，再也無法動彈。

當我剛剛走出德國歷史博物館，一班快閃族在地上俯伏不動。他們樂在其中，享受民主與自由的權利，他們喜歡怎樣做就怎樣做，沒有人干涉。

我卻再一次看到許多無名戰士一個個倒下，他們在菩提樹下大街上行走，魂靈不散，掩面而泣。

歌德的寫字箱

從前的德國歷史博物館，是柏林兵器庫。於是，我聽見軍人響亮的腳步聲，子彈上膛，彈藥與木箱碰撞的聲音，車轔轔，馬蕭蕭。

軍人走了，剩下一個個獨立的身影，剛硬的雪白的雕塑。

原來的兵器庫是巴洛克建築風格，上面有新加上的玻璃天頂，粉紅色的外牆再沒有硝煙的味道，而且與貝聿銘設計的新展覽館相連，中間有一道摩登的螺旋樓梯，好像歷史會迂迴曲折地通向新境。

當我看完「希特勒與德國人：國家與罪行」展覽，就轉往另一個展覽「貝加斯：給德意志帝國的紀念像」（Reinhold Begas —— Monuments for the German Empire），其中有一張地圖，說明今時今日可以在柏林哪一個地方，找到貝加斯的雕塑。後來，我在阿歷山大廣場看到海神噴泉，在御林廣場（Gendarmenmarkt）看到席勒像，更教我相信雕塑家不單塑造紀念像，也塑造了城市的容顏、公民的意志，與肉身結合的不滅精神。

回到宗教改革時期，三十年戰爭以前，有人雕刻了一個木基督像，遍體鱗傷，皮膚不再完整，血紅的肌肉與骨骼袒露出來，也許，這是我看過最痛苦的基督像。他垂着無力的頭，擔荷人類的罪惡。

這個常設展覽名為「照片與文物中的德國歷史」，從公元前與中世紀，一直到東西德的分裂與統一的展品，呈現出文字與雕塑以外的，另一個大世界。展品有許多，印象最深的，不是偉人與皇帝的肖像畫，而是歌德送給少女烏爾麗克的寫字箱。

這份禮物一如歌德與烏爾麗克離別時所寫的〈瑪利浴場哀歌〉（"Marienbad Elegy"，《愛欲三部曲》之二），三百年後還在。

在我們胸懷純潔處湧起一種追慕，

情願將自己由於感謝的心情
獻給更崇高、更純潔的生疏事物。
為自己破解那永久的無名；
我們說：虔敬！——這樣幸福的高巔
我覺得有份，當我立在她的面前。

然而歌德的哀歌，是寫理想的破滅，升高以後，再降到失落的絕境：

一切屬於我，我自己卻已失落，
我曾經是群神的愛寵；
他們試煉我，給我潘多拉，
所以財寶豐富，危險更豐；
他們逼我親吻好施捨的口唇，
他們分離我，讓我沉淪。（馮至譯）

小小的盒子可以攜帶外出，在旅途中寫一封給朋友的信、寫下如靈光一閃的備忘錄，在詩神降臨時打開寫字箱，可以將靈感擭為己有。寫字箱也是珍貴的禮物，箱裏有一面鏡子、歌德的肖像、烏爾麗克的手跡、鮮紅色的火漆印章、實用的工具。兩邊是小小的燭台，在夜裏照耀信筆而寫的文字。

當我按下快門，我將自己藏身於寫字箱中，在歌德的面孔旁邊，從此就棲居在他永恆的文字裏，不再回來。

廣場與教堂

站在皇宮橋上（Schloßbrücke），看着柏林走進寒夜。後來回想，這是我唯一一次看到柏林的藍天。

申克爾，是我要好好記住的名字。這一道橋、小小的崗哨、偌大的博物館、柏林音樂廳，還有方方正正的弗里德里希韋爾德教堂（Friedrichswerdersche Kirche）。我無法唸出這一串長長的德文，只知道教堂已變成美術館，拱頂之下許多雕塑作品，凝固了不同的動作和表情，它們就像起初一般光潔，一個個白色的沉默面孔。

到達御林廣場，藍天的最後時刻一如失眠的黎明。由於走了許多路，我的肚子也餓扁了，看到廣場有一個流動的小吃站，立刻點了一客德國香腸和麵包，吃罷感到暖和一點，有力氣回到舒適的小旅舍。於是，我跟柏林音樂廳前的席勒像無聲道別。三天之後再來，那一天沒有下雪，卻有更濕冷的雨點，而我沒有把握約定下一次見面的日子。

禮拜天的早上，陰雲密佈，霧氣掩蓋了亞歷山大廣場的電視塔。柏林大教堂青銅色的圓頂和塑像卻清晰可觀。在一張歷史圖片中，教堂的圓頂被炸得支離破碎，圖案四散，只剩下鋼鐵的結構支架，任風吹拂。

現在，柏林大教堂裏只有幾個人，樂師還在練習。我翻閱節目表，女高音在小提琴和管風琴合奏下，唱着浦賽爾和泰利曼的作品。然後，小提琴手坐下，女高音在高處唱出巴哈的聖歌。這一刻，光自玻璃窗進來，裝飾與金光呼應，八幅馬賽克在穹頂的陰影裏說着古老的遺訓，白色的浮雕之下是四個勇敢的改教者，守護花窗玻璃裏的神聖意義。聖壇與管風琴邊的燭光同時輕輕晃動，隨着管風琴的對位和聲而輕輕變化。

所有事物都在和諧的秩序裏互相感應，理性與神性結合成平衡圓滿的藝術，於是我們可以看到又聽到超然的美感。

一個小時後，信徒魚貫進入大教堂，填充每一個座位。

兩天以後，我如約再到御林廣場，德國主教座堂和法國主教座堂在兩邊對望，現在都成為了博物館，也許早已死去的信徒依然在此聚會。活生生的人群聚集在柏林音樂廳的大堂，我在德語之中走了一圈，沒有發現音樂演出活動。

外面的雨愈下愈大，又迅速地回到陰天。在這個空閒的片刻，我逗留在石階下的通道，在申克爾的草圖中，這條通道恰好可以讓一輛馬車通過。音樂廳落成後第一個節目，是韋伯的歌劇《魔彈射手》首演，也許在那一天——一八二一年六月十八日，我所站立的位置，馬車匆忙進出，貴族、紳士和淑女在這裏陸陸續續下車。序曲響起，他們早已預備就緒，投入轉折的劇情和浪漫的想像。

佛烈德利赫●

一個錯誤但無可奈何的決定，我要在兩天之內參觀博物館島上，足足五個博物館。於是我的眼睛不斷吸攝藝術的靈光，直至因過於充實而逐漸放棄仔細的觀賞。

在舊國家畫廊裏，有現實主義的繪畫、杜塞爾多夫畫派和門采爾（Adolph Menzel）的作品，但佛烈德利赫（Caspar David Friedrich）的真跡更教我神往——《海邊的修士》、《橡樹園中的修道院》、《海邊的兩個男子》、《海上生明月》、《窗前的女子》、《男與女默賞月亮》、《雪中的橡樹》、《月光中的沉船》……我駐足，靜心，看。

浪漫主義不足以形容他的作品，每一幅畫都好像夢境的片段，時有一個兩個或者三個背向我們的人，但總不可能看清他們的容貌。他們是誰？他們好像是領路的詩人和沉吟的修士，轉念之間，又成為厭世的貴族和無名的哲人，他們早已分曉現實的種種幻象，不受肉身的勞役，卻願意再一次擔當迷途人的嚮導，將我們帶到荒原去，又或者是海邊，看日出驅逐黎明的雲霧。

然後，一天過去了。

在戴安娜歸來的時刻，月光再一次召喚昏暗的夜，兩個仕女和士紳坐在崖石上張望，兩艘遠航的船駛進神秘的深海，一點也不真實，因為這是思想的航程。海上生明月，天涯共此時。在海岸的另一邊，一男一女默賞月亮，我看到情欲在月色之中淨化，女子將手臂擱在男子的肩上，另一邊的樹幹只剩下等待暖風的枯枝，樹根拔離地面，好像會奔走的巨人，穩靠的伴侶與不穩靠的自然，大地上循環的危機與再生，就像一個封閉的世界裏，所有的事物永劫回歸。或是如歌德所說：「一切消逝的不過是象徵，那不美滿的在這裏完成。」

《月光中的沉船》是舊國家畫廊裏，佛烈德利赫的最後期作品，一艘沉船將要沒頂，無聲的死亡，大概畫者的人生悲劇，也要通往最後一幕了。

一八三五年以後，貧困的他因中風而減少作畫，卻用鉛筆和墨水繪畫了幾幅神秘的貓頭鷹。

窗前的女子和海邊的修士，都沒有讓我們看清面容。他們是誰？他們不是任何人，也許是我們的幻影、靈魂與精神的寄託。女子站在封閉的小屋閣樓裏，屋前應該有一條小河，於是首先看到的是船和桅杆，遠處是茂密的樹林，天空因十字的窗框而變得神聖，窗前的女子在祝福船上的人，他們啟碇出發，進入冥想的航路。而最後，橡樹園中的修道院只剩下一面殘壁，月光下的大海逐漸吞沒沉船，一位海邊的修士，獨自面對茫茫的大海，無限的聲音自風中傳來，天大地大，卻只有他一個人聽得見。

諸神的黃昏

人太渺小，地球太大——迴旋地球一周的赤道有四萬公里。在博物館裏，我們看到一個微縮的世界幻象，遠古的事物突然穿越重重的時光，遙不可及的藝術品也空間轉換，一一都在面前陳列。

從舊國家畫廊走出來，就轉到新博物館。埃及法老妻子娜芙蒂蒂（Nefertiti）的半身像，在高高的圓帽下，三千三百多年的美麗微笑，始終如一。

然而我在佩加蒙博物館（Pergamon Museum）逗留更久。我跟其他遊客一起，坐在佩加蒙神壇前，拿着參考的資料，將神祇的名字與浮雕上的面容逐一對照，還原諸神與巨人的爭戰。然而戰事曠日持久，宙斯、赫拉、海格力斯、雅典娜、海神、太陽神、豐收女神和仙女的面孔和肢體，都殘缺得支離破碎，好像諸神的世界在新的時代分崩離析，人們不再供奉、迷信、膜拜，神祇被人遺棄，石像歸回茫茫的塵土之中，直至德國工程師曉曼（Carl Humann）在土耳其的古城發掘，將浮雕的零碎組件運回柏林，神話故事因此可以重新展現。到底是人偉大，還是諸神偉大呢？諸神無言，於是人得以掌控自己的位置。

離開佩加蒙神壇，是公元二世紀的古羅馬米勒特斯市集城門（Market Gate of Miletus），市集裏的人已成為歷史的微塵，但城門在大地震之後八百年得以再生。再往前走，是巨大的藍色拱門，從古巴比倫伊什塔爾城門（Ishtar Gate）通往另一個神秘世界，怒蛇和原牛活生生地面朝四方。

大半天過去了，從博物館走出來，回到禮拜日下午的柏林，街道再次變得熱鬧，河邊的小商販買賣各種各樣的貨品。世俗的生活是一切，諸神早已煙消雲散，祭司離開神壇，魚貫走進交易所裏，將供奉的資本變成更神奇的數字，只有藝術品還在說服我們，從前的精神世界並未完全消解。

在另一天，我參觀島上另外兩個博物館。博德博物館專門陳列雕塑、錢幣與拜占庭藝術，可是我沒有用心參觀，回想起來有點浪費。舊博物館的建築實在太宏偉了，蓋過館中的古希臘羅馬時期的藝術品。十八根愛奧尼亞式柱支撐起柱廊，上有十八隻鷹，中間是一行拉丁文，翻譯出來就是——腓特烈威廉三世於一八二八年建此博物館以資研究各式古物和人文教育之用。

參觀完畢柏林的博物館島，我好像環遊了世界一周，四萬公里的距離，再加上三千三百多年的時間，我早就相信人的一生微不足道。而在此時此刻，世界已全面走入現代理性的領域，神殿傾坍，琴弦斷裂，神祇慌張奔跑，史詩只餘瑣碎的斷章，諸神的黃昏來臨了。

MVSEVM CONSTITVIT MDCCCXXVIII
Altes

再見，柏林

伊薛伍德（Christopher Isherwood）在〈柏林日記（1932-3年冬）〉中寫道：「柏林是一座有兩個中心的城市——群聚的高價旅館、酒吧、電影院、商店環繞着威廉大帝紀念教堂，形成一個閃亮的光核，在城市破落暮光的映照下，好似一顆假鑽；另一是菩提樹下大街所形成，謹慎規劃過，有着自覺的市中心。這裏的風格雄偉、國際化，充滿複製品的再複製，樹立起我們作為首都的尊嚴——有一棟國會大廈、兩座博物館、一間國家銀行、一間大教堂、一間歌劇院、一打領事館、一扇凱旋門；甚麼都沒有遺漏。」（《再見，柏林》，劉霽譯）伊薛伍德未免過於挑剔，好像甚麼都看不上眼。經過大戰的滄桑，冷嘲熱諷都一點一滴移向同情與思索了。

當我抵達柏林，第一個參觀的地方是威廉大帝紀念教堂。戰後柏林的市民選擇保留殘缺的舊教堂，於是每一塊磚頭都在控訴着戰爭，可是我參觀的那一段日子，舊教堂因日漸殘破而要密封起來加以維修，而內部仍然開放，當中輝煌的壁畫，依舊說着宗教和政治的故事。

新教堂是六十年代建成的現代建築，如果說舊教堂像壞牙齒，新的就像垂直的蜂巢大廈。其實新與舊之間不是很協調，如同路上兩個不相識的人被拼湊在一起拍照。新教堂的內部設計才是重點，藍色的光線從四面八方的染色玻璃而來，打開了一個沉靜和平的空間，也是屬於現代人的信仰空間。一格一格的藍光，組成理性秩序的音符，而音符背後卻有不可言說的神聖意義。

藍色，讓我想到天與海、高貴與神秘、冷與靜。在柏林，我看不到藍天與大海，卻感受到另外的一切。

最後一夜，我在菩提樹下大街漫走，回想起這個偉大的城市，好像有看不完的事物等待耐心的人發現，因為歷史的經驗讓一切變得豐富，而且沉重。在那一天下午，我在殘存的柏林圍牆下看畫，現在成為了東邊畫廊（East Side

Gallery）的圍牆，一點多公里，一百零五幅畫作，一直延伸，許多反思，許多祝願，許多希望，我很喜歡其中一幅牆上的一句口號——許多小地方的許多小人物，做許多微小的事，也可以改變世界的面貌。

從前，圍牆阻隔了人們的交往，現在沒有了；互聯網建立龐大的社交網絡，對話方便了，但人與人的交流還是不容易，大家有不同的意識形態、宗教信仰、國族身份、地域概念、階級利益、權力和實力。牆倒下了，但牆時時刻刻在我們的心中升起，又在努力之中逐一艱難地拆除。

最後，我在東站上車，對面就是那一列柏林圍牆，而我要離開這個城市了，啟程前往阿姆斯特丹。

阿姆斯特丹

列車離開科隆（Cologne），很快就抵達詩人海涅的出生地杜塞爾多夫（Düsseldorf），我下車時，是深夜四五點左右，月台上只有幾個人，霧氣濕冷，我不自覺打了一個冷顫，就精神起來了。

不久，另一架列車將我帶到阿姆斯特丹，也許穿越荷蘭和德國邊境的時候，天剛剛日出。車窗外的風景漸次明亮，風車卻沒有想像中那麼多。

我在中央車站對面的遊客中心規劃行程，友善的職員說：「坐船遊覽阿姆斯特丹是最佳選擇，但你的時間不多，只有半天，還是看看你喜歡的博物館好了。」於是，我在地圖上畫了三個圓圈：阿姆斯特克林博物館（Museum Amstelkring）、國立博物館（Rijksmuseum）、梵谷博物館（Van Gogh

Museum）。

選擇阿姆斯特克林博物館，是因為最接近火車站，可以順道將行李存放在此。可是博物館一點也不好找，繞了一圈，抬頭一看，原來博物館是運河旁邊的一間不起眼的小屋。

在十七世紀時，天主教徒商人Jan Hartman成為屋主，因為當時荷蘭是一個新教國家，禁止天主教彌撒進行，商人就將屋子改裝成秘密的聖堂，如是長達兩百年，所以博物館又名「閣樓中的上帝」（Our Lord in the Attic）。據說新教的政府不是不知道這個秘密聚會所，只是沒有嚴厲查封，到了十九世紀，中央車站對面的聖尼古拉斯教堂落成，屋子就成為博物館了。

我一邊了解博物館的故事，一邊參觀，那裏剛好有翻新維修的工程，聖堂裏空蕩蕩的，然而我想這個「臥底」故事比甚麼擺設都有意思。

在阿姆斯特丹的街上走，天正藍，不同顏色的小屋櫛比鱗次，單車和電車靜悄悄駛過，灰鴿子緩緩踱步，而部分路牌竟有中文街名，令我意想不到。阿姆斯特克林博物館旁邊正是有名的紅燈區，她們日出而息，街角裏一個蓬頭

垢面的肥胖妓女，只穿內衣就跑到街上來，好像索命的艷鬼。我一路往西南面走，方向明確，在橋上看大樹後面暖暖的陽光，心情怡然開朗，差不多要認定阿姆斯特丹是我去過的，最美麗的城市。

太快樂，就迷路了。阿姆斯特丹不像柏林，整個城市有許多水道和小路，卻沒有通衢大街，而且道路是圓形結構，像年輪般一圈又一圈，很快就弄不清東南西北。在大學區問清楚方向，因為肚子餓，在超級市場買了一客美味的意大利薄餅，立刻站着吃掉，回到街上又不辨去向了，於是走到地鐵站裏研究地圖。

時間花了不少，不得不放棄參觀林布蘭故居（Museum Het Rembrandthuis），回到預定的行程。我知道自己不可錯過國立博物館的鎮館之寶，林布蘭的名作《夜巡》。

林布蘭的畫

河道的另一邊，就是荷蘭國立博物館，天空裏有一支龐大的吊臂，破壞了完美的景象。博物館正值為時十年的大維修期間，展品減少了，但我不會等待下一次才看，立刻買票進場。

我記得丹納的《藝術哲學》（傅雷譯），有一章「尼德蘭的繪畫」，一開始就離不開他所相信的種族、環境、時代三大決定因素，對於自然主義的實證學說我沒有多大興趣，就跳到歷史部分去。

丹納筆下的林布蘭，卻令我印象深刻：重疊交錯的氣氛、神秘的生命、日光與陰暗苦苦掙扎、快要消滅的光線、顫巍巍的反光……林布蘭了解人間的戲劇、懂得痛苦的宗教、真正的基督教，心中悲傷和憐憫，「他不受任何限制，只聽從極度靈敏的感官指導；他表現的人不像古典藝術只限於一般的結構和抽象的典型，而是表現個人的特點與秘密，精神面貌的無窮而無法肯定的複雜性，在一剎那間把全部內心的歷史集中在臉上的變化莫測的痕跡」，即使我不盡同意丹納的理論，也不得不認同他的說法頗有見地。

博物館裏的林布蘭展品，有《耶利米哀哭耶路撒冷的毀滅》。苦惱的耶利米竟有滿身的榮光，人間的種種不幸，似有上帝的注視，一切都在無限中被理解和安慰。《猶太新娘》是一個謎團，畫中的夫妻也許是以撒與利百加，丈夫的手按在妻子的乳房上，然而他們都有所思量，卻沒有半點激情的欲望，遺下矛盾的場景片段讓我們仔細想像。

林布蘭畫過不少自畫像，二十二歲時所畫，專注於光與影的實驗；二十五歲時所畫，專注於戲劇的效果；五十五歲時所畫的《如使徒保羅的自畫像》，與其說是自比聖人，不如說是神聖與世俗、他人與自我、理想與現實的完美統合。

走過十一個展廳，看過林布蘭和梅特蘇（Gabriel Metsu）的作品，還有弗美爾（Johannes Vermeer）所畫的《讀信的藍衣女人》和《擠奶女工》，終於來到第十二個展廳，只有單獨一幅巨作，《夜巡》。

畫作中，公民警衛隊成員正要出發巡邏，他們在暗夜之中，燈火微弱，各人方向不一，各有個性，只有正副隊長處於光亮之中，但更明朗的是隊長身後的小女孩，她是誰？為甚麼在這裏？也許她只是代表吉祥的象徵。

林布蘭明暸光影帶來的神秘能力，《夜巡》猶如舞台劇上一個凝定的場景，電影裏一個片刻的定鏡，不動的將會移動，休止的將會行進，許多人類的經驗退入歷史的暗角，只有少數人在聚光燈的目光下存在，還有永恆的象徵在背後推動人們、觀看一切，抉擇吉祥與凶險。

梵谷自畫像●

一手奉上十四歐羅，售票員就給我一張入場票，票根上是一束向日葵。於是我拿着這一方格的希望與日光，走進博物館。

畫面沒有聲音，我可以獨個兒靜下來，一幅一幅用心看，走進你的筆尖和顏料之中，在畫框裏搜索你沉吟的話語，還有你不落俗套的觀察。於是，你的眼神從自畫像裏直直地看着我，只有我……就是你去世之前兩年憂憂愁愁的某一天，用奇怪的深藍色彩點將自己嚴密地包裹起來。一個封閉的畫面，以至世界。瘋狂的眼神裏，有太多無法道明的混濁的顏色，臉孔是許多顏料的組合，肉身比外在的物象更加複雜，無法掌控的背逆子嗣，等待你情感的崩缺。藍色的衣服裏是白色的汗衫，一如藍色的背景前面的你，憂鬱的念頭將你整個人佔據，終於令你受不了而決定創作新的作品。不好。再來創作更新的作品。

赤色的鬍子。也許你看見過不少被侮辱與被損害的人，在煤礦區裏，二十五歲的你向工人和窮人傳講你父親傳授的信仰和深信的《聖經》，那時的你還沒有想到以繪畫為個人的志業，而最後你其實需要一個謹慎的醫生，將你帶到精神病院好好休養，像小說裏靜心療養的人，被人監護和照料，然而你還是選擇創作以至終需來到的痛苦和緊隨而至的死亡。時鐘靜止，藍色的暗夜將月亮吞噬，小徑曲折，你散步，其實根本沒有路，一直都沒有，一直都是錯覺，你散步，風吹稻浪，黑鴉在金黃的麥地上群飛，像死神忠心的使者，將你的筆管換成槍支，於是所有顏色消散，剩下你一直稀罕使用的——太鮮艷了——紅色。

或者你確實太累了。再兩年之前，你的自畫像，一個痛苦的人。啡黑的背景，是最苦澀的咖啡傾倒在你人生的口袋裏，赤色的鬍子下是一支孤憤的煙管，你將靈魂的火焰吹到管子裏燃燒，於是一點光線傳來幽冥的火。

兩年以後，沒有煙管了，你在白色的牆壁前面，以蒼白的臉孔面對殘缺而分裂的兩個世界，只能夠用畫筆去紀錄形象，縫補一切的不幸，與太多落空了的希望。或者，你又回到那一個無法逃遁的藍色背景前面，同樣的茫然若失的眼神，在彩點中四散，眉額因命運的重負而沉實，其上，一頂灰白的帽子（並不是某一年你戴着的草帽），有時將陽光遮擋，讓你看清楚前方的景物，卻有太多的痛苦和鬱結壓在頭上，一下子將你牢牢圍困，直至你放棄你自己。

農民與塔樓

Potato，就是馬鈴薯，香港人叫薯仔，北方人叫土豆，山東人叫地蛋，山西人叫山藥蛋，安徽人叫地瓜，雲貴川一帶的人叫洋芋，還有許多怪怪的名字，越過邊界，同一樣事物，有不同的名稱，好像味道也改變了——也許人也一樣，離鄉別井之後，身份變化了，性情也可能有所不同。馬鈴薯加上咖哩是挺不錯的，也許可以配上牛腩或者雞肉。小孩子不同意，他們覺得薯片和薯餅更好吃，英國人就喜歡薯條配上炸魚。馬鈴薯的原產地是南美洲的安第斯山脈一帶，西班牙的殖民者在十六世紀將它引入歐洲，成為低下階層人士的重要食糧，馬鈴薯打上了階級的烙印。

一八八三年，梵谷三十歲，回到在納南（Nuenen）的老家，和父母一起。

他花了大半年的時間，用鋼筆或水彩畫了一批關於織工生活的畫。一八八五年是應該記下來的一年，梵谷過了三十二歲的生日不久，就畫下他早期的代表作《吃馬鈴薯的人》。

五個人在燈光黯淡的晚上，分吃一盤馬鈴薯。他們的面容如槁木死灰，皺紋深刻，皮膚烏黑，唯有背着我們坐下的女子，是神秘的存在，好像太快消逝的青春，沒有足夠的機會讓我們認取。農民用叉子刺進馬鈴薯的肉身，剖開自然的肌理，就好像有一位超越的神明也用無形的針尖，刺入我們脆弱的肉體，穿透我們的理智、感情和意志。人從塵土中來，馬鈴薯也從塵土中來，一切都屬於廣袤的大地，大地周行不休卻又永久不變，生命在循環中生息不絕。《納南的舊教堂塔樓》（又名《農民的教堂墓地》），也是梵谷在一八八五年完成的作品。後來梵谷給弟弟泰奧寫了一封信，談及這張畫：

他們把古老的塔樓弄倒，垮在田野裏了；我剛好畫了一幅這個場面的水彩畫。我要在畫中表現出世世代代以來，農民是怎樣在他們活着時開墾的田野裏安息的。我要在畫中敘述出死亡與埋葬是一件多麼簡單的事，就像秋天的落葉落下來那樣簡單……現在那些廢墟告訴我，一種信仰與一種宗教是怎樣墮落的（雖然它們的基礎很穩固），而農民的生與死永遠是一個樣。像教堂墓地上的花草那樣有規律的發芽與凋謝。

塔樓自中世紀已經存在，數百年以後塔尖消失了，精神上升的攀援力量也消失了，周遭的十字架紀念無名的死去的農民，也簇擁哀悼塔樓的傾覆，一切終將倒下——塔尖、塔樓、拱門、基座、磚塊、荒草、明年的、再明年的荒草……只有天空裏的黑鴉徘徊流連，暗雲下飛翔，等待死亡的氣息潛入牠們的羽翼和勾嘴，然後黑鴉會吐出一聲聲嘶啞的嗚叫，引發短暫而無聊的回聲。

二〇一一—二〇一二年

中世紀情書

甚麼是愛？有沒有一道愛的階梯，引領我們一級級向上升，以至於達到永恆的喜悅之中，不再因為糾纏不清的思緒而疲累掙扎，而是在安靜中棲居。

這是我在巴黎的最後一天，陰雨，幸好不太寒冷，早上留連在蒙帕納斯公墓（Montparnasse Cemetery）和布德爾雕塑館（Bourdelle Museum），下午轉往東面邊陲，就是為了去一趟拉雪茲神父公墓（Père Lachaise Cemetery）。

我知道，許多迷路的人，都是因為找不到James Morrison而輾轉來去，我不太專一，心裏還藏着兩個名字，是阿貝拉爾（Peter Abelard）和海蘿麗絲（Héloïse d' Argenteuil）。

他們的故事發生在十二世紀，中世紀時期的法國。大概三十七歲的哲學家及神學家阿貝拉爾，是聖母院教堂學校的校長，正處於名望的頂峰，教士富爾伯特邀請阿貝拉爾，為他年輕的外甥女海蘿麗絲教授哲學，意想不到的是師生之間愛上對方，沉醉於性愛與激情。終於，海蘿麗絲有了身孕，為阿貝拉爾的事業着想，二人秘密結婚，可是富爾伯特將二人的關係公之於眾，阿貝拉爾就將海蘿麗絲送到修道院，海蘿麗絲的族人卻以為阿貝拉爾拋棄了她，心生仇恨，更將他閹割了。結果他在修道院成為修士，海蘿麗絲成為修女，分隔而不再相見。

事過十多年，阿貝拉爾五十多歲時寫了自述平生的《劫餘錄》（*A History of My Calamities*），竟為擔任了女修院院長的海蘿麗絲所見，於是二人以書信往來，傳世的一共有七封。早在民國十七年，梁實秋就翻譯及出版了一冊《阿伯拉與哀綠綺思的情書》，文筆優美，但這是一再轉譯的譯筆，看 Betty Radice 的英譯本，豈不更好？

「愛情勝於婚姻，自由勝於枷鎖」——海蘿麗絲傳頌久遠的名言。第一封信是海蘿麗絲寫的，在她筆下，她的愛情依然熾熱，似乎無人可以阻擋，因為她的信念與堅持，字裏行間都是不一般的女子氣概，她甚至毫不諱言——「妻子的名義似乎更為神聖，或更有約束力，但『情婦』一詞，於我將永遠更為甜蜜，或者，如果你容許我的話，喚為妾侍或妓女。」她不是為了冒犯，而是以自貶獲取對方的感激，對他昭著的名聲也傷害更少。

然而，阿貝拉爾已遠離世俗，心如止水，他只關心上帝、祈禱與死亡的事，肉體的殘缺令他的靈魂更為純粹，雜念盡去，像一杯透明的清水。可是，海蘿麗絲的回信還是窮追不捨，她意氣難平，怨說上帝的殘酷，命運的迫害，她更坦白自己的弱點，難以懺悔和祈禱，因為舊日的戀情帶來快樂和甜蜜，令人無法忘卻，甚至帶來渴望與幻想，以至無法入睡。海蘿麗絲在信中寫道：「人們說我貞潔，他們不知道我的偽善。他們認為肉身的純潔是美德，可是美德並不屬於肉身，而是屬於靈魂。我可以在人們的眼中贏得讚美，但在上帝面前一文不值，祂察驗我們的內心和下體，看透我們的黑暗。」

靈與欲互相矛盾，難題再一次回到阿貝拉爾。他鍥而不捨將奔放的情緒，壓服在宗教的世界之下，他一心追隨和服侍上帝，為過去的欲望及所為而羞恥。結果，他們不再回望過去歡快的日子，而是訂立信仰生活的規章。

欲望與神聖的對話，以神聖的勝利結束了。他們的人生，由肉體的吸引和戀慕開始，經過婚姻的締結和分散，最後以宗教的追求和昇華完成。人生於此達致圓滿。

阿貝拉爾在六十三歲時去世，埋葬在聖靈堂。二十多年後，海蘿麗絲才離開人間，二人安葬在一起。後來他們的遺骨被多次遷移，最終的地點，就是拉雪茲神父公墓，他們的墓上有二人的雕像、碑銘，還有一個尖塔般的小亭。在我尋訪當天，他們的墳墓外有修繕工程，搭起了鐵架，阻礙了外觀。我獨自環繞墓址，走了一圈。我聽見自己的呼吸，這裏實在太安靜了，沒有半點人聲，除了自己，還有微微的雨水，灑落在巴黎的天空下。

這是我在巴黎的最後一天，公墓的門口有一隻濕透的貓，默默看守着所有的沉默的靈魂。然後，我從城市的東邊來到西邊，為了看一看阿波利奈爾（Guillaume Apollinaire）寫過的米拉波橋（Pont Mirabeau）。我最喜歡徐知免的譯筆，對於分開了的情人，他寫道：

愛情像這泓流水一樣逝去
愛情逝去
生命多麼緩滯
而希望又多麼強烈
夜來臨吧聽鐘聲響起
時光消逝了而我還在這裏
而我還在這裏。

二〇一五年

LES RESTES
D'HELOISE ET D'ABELARD
SONT REUNIS DANS CE

五・短章二十篇

秋天的滋味

國慶和中秋都過了，為甚麼秋天還沒來？草木沒有蕭瑟，沒有搖落，也沒有變衰。快來一場雨，預告突如其來的轉變，由此更教我喜歡課堂上討論過的戴望舒詩作〈秋天〉了——「我是微笑着，安坐在我的窗前，／當浮雲帶着恐嚇的口氣來說：／秋天要來了，望舒先生！」恐嚇的聲音仍是遙遙無期，可能只是我聽不見。因為樂手一味炫耀個人的技藝令爵士樂變得太吵耳嗎，還是維多利亞港上的煙花令人們發出永遠慢半拍的響亮的回聲，還是早上廣場上整齊劃一的步操聲未如街上的旗幟倏然不見，仍在我心中打着拍子前進再前進。

秋天是屬於聲音的，我當然知道。我不會投入何其芳的〈秋天〉，因為丁丁的伐木聲和牛背上的笛聲太陌生了，農家與漁船都遠了，我也不曾認識一位牧羊的女孩子。當下少年人的浪漫田園想像，只能封鎖在快速馳行的列車或者搖搖擺擺的旅遊大巴裏面。

那麼，秋天的滋味呢，請你告訴我好嗎？我們喝着一支藍色的酒，混和了菠蘿和椰子的味道，這是夏天的滋味，但此刻我不想到海南島去。也許我不應該太焦急，秋天的滋味是不容許預先感受到的。一切都限制在設定了的時候，好比煙花是由八時開始，二十三分鐘內完成，之前我們不必想像，之後也不必節目重溫，我們實在不應奢求太多，越過感受所提供的既定範圍，因此當你說：「看煙花好似飲酒。」我只能夠答道：「看煙花好似過眼雲煙。」

二〇〇九年

禮拜日散步

唉，想不到你攪錯了時間，你從離島趕來港島，要足足兩個小時。只怪我昨晚忘了提醒你，還是怪你搬到這麼遙遠的地方，那海岸，那市集，那小徑，那小屋，活像一個僻遠無聞的小鎮。設想你仍在舊居，即使剛睡醒，我也可以在你家樓下大喊一聲——喂，我在這裏啊！你忘了今天早上約了我嗎……

從威靈頓街走到九如坊再走到皇后大道，在瀝青路上鋪展了一些如果，一些假如，一些若然。但我也慶幸難得，白白得到一個閒適的禮拜日早晨，不是在床上，而是在路上。從大道中轉到大道西，人們開始將店鋪的大閘升高，迎來今天第一個客人。店鋪也默默接納早上和煦的陽光，像唐樓上沉靜的老人舒伸軀體。

難得有機會走走，當然不怕累，就沿着西邊街轉往山上去。當我走到救恩堂外，才想起今天仍未吃喝半點東西。於是在超級市場買了一支葡萄汁和兩個洋李子，請工友替我洗一洗，李子就變得光潔新鮮了，它們的味道和質感都不同，是陽光、土壤、根莖、水滴、農夫的偏愛所致嗎。是誰的手將你們兩個李子放在同一貨欄上。是我，隨機將你們倆胡亂拼湊，成為我自己遲來的早點。

西邊街一帶好像沒有公園，於是我走到禮賢會堂的大廳，坐下來，終止一個小時左右的禮拜日散步。我唯一一位認識的朋友已經回家去了，我只好獨坐，聽樓上傳來隱隱約約的快樂頌歌聲。我喝着剛買的葡萄汁，而大概不久，你一定會打電話給我，告訴我你已經在海港上了。

二〇〇九年

北京／京／●

故宮觀畫

經過了五百六十一天，我終於再來到這裏，北京的故宮。現在，是十月，是秋天，是遊人麇集在藍天下的季節。

太和殿至去年復修完畢，眼前以新簇光鮮的姿態面對人們欣羨的目光，但我想新也許並不如舊，當自然的時間痕跡失卻了，彌補都只不過是一重掩飾。大殿上添補的顏料是太繁縟的服飾，反而令太和殿失卻了莊嚴的美態。

我的目的地是少人行走的空曠的迂迴小徑盡頭處，武英殿書畫館。我在航機上一直思忖的故宮藏歷代書畫展——王獻之的《中秋帖》、揚無咎的《四梅花圖》、王履的《華山圖冊》、周臣的《春山游騎圖》、文徵明的《湘君湘夫人圖》、蔣嵩的《漁舟讀書圖》、吳彬的《千岩萬壑圖》、龔賢的《清涼環翠圖》、朱耷的《枯木寒鴉圖》、郎世寧的《嵩獻英芝圖》……一一教我心嚮往之。

及至展館，作品真跡興如紛至沓來，其中兩幅清初名作我印象最深。吳歷的《松壑鳴琴圖》為憶舊之作，回想年輕時學琴光景，有高山流水之意，此作畫法繁密，筆墨蒼勁，遠追王蒙山水。弘仁的《仿倪山水圖》則師法倪雲林，以空茫簡潔的一河兩岸景致呈現畫者寂然淡漠的內在心情。兩個各走一端的作品尤其令我擊節欣賞，起初教我不得其解。而我想，大概今天是我再來北京的第一天，由此憶起去年來京時認識的人、走過的路；又也許，我需要一個心靈靜默的空間，跟熱鬧的聚眾拉開一個互不相干的距離，以此才可以保存澄明的深宮的秋日天空。

上景山

越過故宮的御花園，步出神武門，一直往北走，順理成章就進入景山。以前都是在故宮遠遠地眺望景山，現在終於走入山中了。

我沿着右手邊的路徑，走到明思宗殉國處，前有碑文為證，其後槐樹蒼蒼，當年的自縊現場就在東邊山腳，如今行人絡繹上下，端詳左右，時有所歎，我腦中竟泛起了《帝女花》的畫面與唱辭。我拾級轉上景山五亭，在樹的枝椏之間、在亭的棟樑旁邊、在憑欄處，俯瞰下午的故宮，也遙望更遠的在煙雲裏的新舊混雜的房子，就記起了許地山在散文〈上景山〉的預言。他侃談一個不講紀律的民族怎建築嚴整的宮庭呢，但他又修正說「不講紀律未免有點過火，我們可以說這民族是把舊的紀律忘掉，正在找一個新的咧。新的找不着，終久還要回來的」。然而時代變遷，多年以後，大家還在尋找新的紀律，讓國家可以不住地變化。

景山五亭的佛像大多在八國聯軍佔京時被掠去了，古老的諸神突然在世

紀的縫隙無言遠去，而在一個彷彿無神的世界裏，又有許多新的諸神進來，帶着不同的面孔運轉山河。而現在，新的神在哪裏控制一切呢，新的神話是甚麼——我不想猜下去，遙遠而卑微的蒼生仍在京城的四周營營役役，有的人愈發沉默，有的人愈說愈大聲，說得聲嘶力竭。在過去北京城的最高點上，我好想遠離世俗的羈纏，但又想重回人間，和他們一起。

從萬春亭走到輯芳亭的路上，遊人好像比較疏落，在西側的富覽亭，可以望向我很喜歡的北海，北邊的略遠的鐘樓和鼓樓，還有更遙遠的遠方，而遠方卻有點模糊了。

徐悲鴻紀念館

經過富覽亭走到山腳，有人從西門離去，大概會進入北海，而我慢慢走到景山公園北邊的壽皇殿外九舉牌樓一帶。牌樓旁邊，人們在休憩、在談心、在踢毽，都很悠閒，而我在各種各樣的小市民活動中間發現了柏樹的陰影下，一個白髮蒼蒼的老婆婆坐在輪椅上睡午覺，她好像存活在另一個時空，一如在空中靜止不動的羽毽。

我默默地從西門離開，沿着曲曲折折的老胡同，來到前海，這裏跟去年一樣，還是充滿中產階級的商業氣息。於是我轉到恭王府一帶，但早已無心穿過人潮進入景點參觀，便沿着名副其實的柳蔭街和羊房胡同轉入後海，再走到新街口的徐悲鴻紀念館。可是參觀時間剛剛過了。

我想起去年來過這裏，看過徐悲鴻的畫作後，不斷感歎不少當代藝術家聲稱回歸傳統，尋找中國色彩，結果是只取皮毛，或借用眾人皆知的形象、人物、符號暗渡陳倉，沒有深思，更沒有反思，更遑論傳統思想精神的領會了。自此我對當代中國藝術愈發感到厭倦和不耐煩。

我愛讀廖靜文所寫的《徐悲鴻一生》，也喜歡徐悲鴻的國畫，例如感歎懷才不遇的《九方皐》、憂國的《負傷之獅》和《奔馬》、懷人的《風雨》，以及著名的《愚公移山》和《孔子講學》。至於油畫我欣賞《田橫五百士》、《徯我後》和《簫聲》三幅，尤其是《田橫五百士》，實在是形神俱備。太史公慨歎曰：「田橫之高節，賓客慕義而從橫死，豈非至賢！余因而列焉。不無善畫者，莫能圖，何哉？」我想，徐悲鴻的畫作大概就是最好的答覆了。

小旅舍一夜

好不容易找到這個在北京某墟市中的小旅舍，好像熱鬧的街道裏一個莫名而安寧的宅院。走過沒有人閒坐的庭園，推開我的房門，室內就更加沉寂了。

小旅舍裏住了不少廣東人，我們一起在舍內吃晚飯，用粵語談天；他們又將酒吧的結他拿來，讓我彈唱香港的懷舊流行歌，使我暫時忘卻身處於北京。而懶洋洋靦腆的他在這裏當義工，為旅舍和網頁當設計師，食宿都不用花費。而懶洋洋的他是一個時裝設計師，在這裏住了快一個月，還在尋找新鮮的符號和款式，再匯報給廣東的上司。他對我說，既然你去年來過，今天晚上可以到前門大街走走，是比較新的景點呢。

吃過飯，我就坐地鐵到前門逛逛，去年的大工地變成了新簇簇的清末民初建築，路中間還有電車叮叮噹噹呼嘯而過。哎，活像一個片場，還不怕別人笑是假古董麼？真的舊建築舊民居老胡同都沒有了，現在仿製的街區是商業的現代產物，光潔的櫥窗反射柔和的光線，唯恐人們看得清楚仔細，還是不要太光亮了。

折回天安門，再坐地鐵回小旅舍。從肇慶來到這裏工作的S還在酒吧裏，她問我可不可以多逗留幾天，我聳聳肩道，我都想，但不可以啊。接着她跟我談談最近看過的電影，去過的許多許多地方，還有回鄉後就付諸實踐的想法。不知不覺，時近午夜，我們對話的聲音與桌球碰撞的聲音在空寂的酒吧裏變得響亮而清晰，在靜悄悄的小旅舍裏，許多夢想向現實過渡。

植物園記

頤和園的長廊好像走不完，但始終有一個盡頭。對於心緒凌亂的旅人，昆明湖的微波、佛香閣的宏闊、石舫的典雅、城關的樸實、十七孔橋的巧工都是好景虛設，闊步走過，眼下一覽，都成為沒有質感的幻影了。

走到出口，許多人意猶未盡再赴香山，我也沒有甚麼主見，而時間還多，就跟隨興高采烈的人們坐公車再往西邊去。我在車上無力地搖搖晃晃，聽着旁邊的人老在說，現在還不是看紅葉的時候啊，恐怕大伙兒要失望了，但秋天登山總是愜意的。我遙遙看着香山，山頭依舊是一片青蒼，就立時清醒過來，暗道，我不要去香山，就在之前的北京植物園站下車吧。

北京植物園很空曠，秋風清勁，拂拭如許紛雜的思緒，我沿着田園小路，不久就走到曹雪芹紀念館。

我不是《紅樓夢》迷，更談不上研究，但十分佩服曹雪芹的文筆和想像力。據說，紀念館所在的金山腳下正白旗村三十九號，正是曹雪芹「著書黃葉村」之處，也就是曹雪芹寫作《紅樓夢》時的故居。我大概疑心大，讀畢胡德平先生《〈紅樓夢〉作者——曹雪芹故居的發現》一書的研討考證還是將信將疑。還記得幾年前讀到紅學權威周汝昌先生在《紅樓夢新證》中提出的大觀園為恭王府的說法，我也只是暗自佩服周先生的推斷過程，至於結果還是不太能夠一下子全心相信。今時今日，我再思量這些說法，是真是假也好，都出自一些善意的探求，走近了原初的事實，而對於外行人如我，則增添了無邊無際的大清想像，好比一場春秋大夢，卻如在目前。

梁啟超墓

從曹雪芹紀念館再往山坡上走，輕易就找到梁啟超墓。說是梁啟超墓其實不完全準確，應該是梁啟超家族墓園才是，墓園由梁思成設計，梁啟超、他兩位夫人、弟弟梁啟雄還有三個兒子均葬於此地。

我看了一會，正要從墓園往山下走，一位老嬸嬸問我可不可以帶她去曹雪芹紀念館，我們正好順路，就聯袂往前行。

在路上，她一而再對我說黨政府利民之舉、毛主席親民愛民的一面，我是晚輩，當然不敢妄自打斷她的話，就沉默着聽她談說。不久，我們走到紀念館門口，就在此道別了。

從她一個人的話，我想到整個國家日漸百花齊放的輿論，因地制宜，我憶起梁啟超的《自由書》，敘言中梁啟超說書名取自約翰·彌勒（John Stuart Mill）之言：「人群之進化，莫要於思想自由，言論自由，出版自由。」《自由書》中有一篇曰〈輿論之母與輿論之僕〉（一九〇二），我甚喜歡。梁啟超先點明「輿論者，尋常人所見及者也；而世界貴有豪傑，貴其能見尋常人所不及見，行尋常人所不敢行也」。而造輿論的目的，非為私利，乃為國民公益，一如母與僕的真愛與義務。接着，他申說的輿論之母或僕原來都離不開犧牲己身的豪傑，他更預言道：「世界愈文明，則豪傑與輿論愈不能相離。」豪傑起初為輿論之敵，破壞時代；繼而為輿論之母，過渡時代；終於為輿論之僕，成立時代。他最後總結道：「非大勇不能為敵，非大智不能為母，非大仁不能為僕，具此三德，斯為完人。」

梁啟超學術駁雜，時論甚多，一生寫了大概一千四百萬字，〈輿論之母與輿論之僕〉只是滄海一粟，此文慷慨激昂、文氣鏗鏘，還是他一貫手筆。不明緣由，我一直銘記文句至今，因故草成本篇以為記，兼及訪墓所聞所見。

安徽●

桐城六尺巷

我們一行人從北京坐飛機南下安徽合肥，再從機場轉乘大巴往桐城，抵達城中時已是黑夜。

桐城為清代的文化名城，方苞、劉大櫆和姚鼐等著名文人都是桐城人，故有桐城派之稱，經過五四新文化運動和文化大革命破舊立新的衝擊，桐城派變成了大反派，桐城也變得寂寂無名了。

翌日早上桐城文化節的節目教我感到莫名其妙，於是和台灣詩人陳黎、中國詩人胡續東和他太太周舒、兩位蒙古詩人和一個當地人周圍走走，除了在文廟和桐城的大街小巷蹓躂，我們還去了六尺巷。

六尺巷是桐城的名勝，話說康熙在位時，文華殿大學士張英的家與吳家為鄰，吳家造屋，竟向張家一邊擴展了三尺，令兩家人爭執不和，張家的人送書向張英匯報此事，張英回覆道：「一紙書來只為牆，讓他三尺又何妨。長城萬里今猶在，不見當年秦始皇。」吳家眼見張家退讓了三尺地，自己也讓三尺，由是空出了一條六尺巷。

晚上我們一行人看黃梅戲，戲目正是《六尺巷》，創作人以上述的故事為據，加油添醋多了一段《羅密歐與朱麗葉》式的愛情故事，讓張家的公子愛上吳家的姑娘。而現在的黃梅戲，似乎與我從李翰祥電影了解到的黃梅戲已有所不同，現在的戲顯得俗氣，旋律也少不免花俏修飾。

六尺巷的故事令我想到中國人的美德、退讓的性格、歷史的眼光，但是翻過事實的另一面再看，中國人就是比較不守原則，不願意堅持己見，對當下眼前不公不義的事情忍氣吞聲，不積極討回公道。如今六尺巷還在，深深的巷子通向另一條街道，彷彿一些國民的性格是經過漫長的時間積累而成，如果想改變，也要走一段很長的路。

遊黃山記

從桐城往黟縣的路，比合肥往桐城的還要遠，但這一次是趕白天的路，可以看看安徽的景色，旅途上有許多新舊混雜的徽州民居，還有蒼翠綿密的竹林，遠處的九華山在雲霧裏一如遠方的路人，一轉眼身影就變得模糊了。

到黟縣去，就是為了登黃山。翌日清晨，我們一行幾十人來到後山，乘雲谷索道的纜車上山，車廂外在風中屹立的天都峰、蓮花峰和光明頂都很美，只是未能一一踏足，不一會我們就抵達白鵝嶺，這是現代人的「幸福」吧。

我們只是遊覽以始信峰為中心的後山北海景區，雖然只是略遊黃山，但我也不得不讚歎黃山是最美麗的。人們說黃山以奇松、怪石、雲海、溫泉為四絕，後兩者無緣見識，奇松如接引松、黑虎松、連理松、夢筆生花等都各有緣由和典故，至於怪石，我覺得老僧採藥最維妙維肖。

手頭有黃海散人著作的《黃山指南》，一九二九年商務印書館初版。作者在清涼頂至始信峰一段中提到上述幾棵松樹，然後他寫道：「入始信峰，疊巘礁嶢，深迴窈窕，壁刻有『諸天變相』四字，江寧韓太史廷秀所題略，上刻有『原來如此』四字，頗類禪語，不辨何人手筆。……入石門，攀躋而上，為始信峰頂，登頂俯視，光怪陸離，莫可殫述，峰巒奇妙，見者始信，故黃太史習遠錫以此名，蓋亦無能名而名之耳。」黃海散人所言精確，風景至今未有變易，黃山道上人來人往，但經過了無數世代，山河依舊。我至黃山始信，內心仍有隱逸山林的念頭，但這些只是剎那間的想像而已。而登黃山之路遙遙。

徽州古鎮

人們以祠堂、民居與牌坊為徽州古鎮三絕，但由於古鎮頗為分散，我們只參觀了分別以祠堂和民居而聞名的南屏與宏村，聽導遊說，如果要看牌坊，就一定要到歙縣去，你們的時間不多，恐怕看不到了。

我們先去的南屏依山傍水，因為背靠南屏山而得名，鎮前有武陵溪，上有萬松橋，橋頭上有一個碑，刻有桐城派大家姚鼐的〈萬松橋記〉，記述建橋的事，橋後遠處有萬松亭，許多中學生安靜地在四周寫生，他們幾乎佈滿整個南屏的不同角落、每條街巷、祠堂之前。南屏的祠堂氣派闊大，葉氏宗祠敘秩堂和葉氏支祠奎光堂是木建築，斗拱、樑柱、牌匾都保持着質樸古氣，難怪《菊豆》和《臥虎藏龍》的拍攝都先後與南屏相關了。

宏村是徽州最著名的古鎮之一，名聲當然比南屏大，遊人也多。一進宏村，即見南湖，此刻湖水平靜清澈，實在地反映出路人、綠樹、石橋、書院的倒影，教人眼前一亮。除了南湖，宏村還有呈半月型的月沼，沼畔的明清民居和汪氏宗祠安寧地沉睡在水面上，直至一列潔白的鵝有序地投入水中，悠然而往，將景物一如清醒前的夢碎散，而此時日光驟暗，宏村好像一個昏昏欲睡的徽州老商人，算盤也擱置在一旁了……

宏村也有不少中學生在寫生，當我們重回南湖，準備離去的時候，他們也慢慢收拾畫具，交換畫作評賞一番。一天的努力是不會白費的。畫鋼筆畫的學

生將筆放回胸前的口袋，畫素描畫的學生將筆放回筆盒裏，唯獨是畫水彩畫的學生將筆放在湖裏輕輕洗濯，彷彿以湖水為畫紙，又彷彿要為宏村加添一些個人的獨特感觸。

西湖

初到杭州

在黟縣吃過晚餐，他們趕晚上的飛機回北京，我明天一早才到杭州去，所以獨個兒在屯溪逗留一晚。由老街頭走到街尾，終於找到旅舍，一放下背包，就不想再逛街了，一來旅舍有電腦，我要立刻上網回覆電郵，二來旅舍舒適，更不想往外跑。

我住的是四人間，住在下格床的上海少年，剛從黃山下來，明天正好要挑幾個徽州古鎮看看，我立刻介紹白天去過的南屏與宏村，又告訴他從哪裏進去不用買票。他知道我幾天以後要到上海去，就向我預告上海的空氣有多差勁，也評說上海在世博前的發展。

談興正濃，又有兩個青年進來，他們剛從南京自駕來，雖然車裏有衛星導航，還是不幸地在中途迷了路，轉入窮鄉僻壤，被荒野流氓勒索了少許金錢。他們說，若果不是恭恭敬敬地遞上煙，恐怕還要折騰一番，幸好小事化無，明天就輕鬆登黃山去。我和上海少年聽得緊張，然後也樂於向他們說說自己的黃山行程。似乎在屯溪旅舍留宿的人，不是剛下黃山，就是準備上黃山，各有各的故事。

翌日一早，我就從屯溪轉往杭州，原來以為路程頗長，但不用三個小時，我已從安徽轉到浙江了。一下車，輕易地在中國美術學院對面找到旅舍。這一間旅舍比較簡陋，住了各式人等，因為靠近西湖，所以蚊子盈室。

我一放下背包，就急不及待往柳浪聞鶯的方向漫走，吸一下杭州的新鮮空氣。柳浪聞鶯一帶有許多小朋友在野餐和玩耍，在柳蔭下，他們好像無瑕的天使，在人間嬉遊，在這一刻，我才想起今天是熱鬧過後的第一天，回復到一個人在途上的時光，也是在這一刻，我從小朋友的笑聲中，重新找到對人類的恆

久熱愛和對上帝的真誠信奉。

始遊西湖

從柳浪聞鶯再往前走，就是雷峰塔。我立時就想起魯迅的文章〈再論雷峰塔的倒掉〉，批評寇盜奴才有破壞無建設。而前方新簇簇的雷峰塔立現眼前，是當代的新建築。現在是有人旅遊，有人消費，就有建設，道理比較簡單，可是我不賣帳，經過南屏山下的淨慈寺，逕自轉入章太炎紀念館，看看展覽和生平介紹。

從前讀過章太炎的詩，印象較深刻的就是魯迅在〈關於太炎先生二三事〉中引錄的〈獄中贈鄒容〉「英雄一入獄，天地亦悲秋」兩句。章太炎的書和文，自問看得不多，〈序《革命軍》〉一文擲地有聲，所以記得。看過而在手邊的書只有由他主講，並由曹聚仁編述的《國學概論》（創墾版）。章太炎以經史為國學之本體，扼要地談治國學之方法、經學、哲學、文學之派別和進步，書末更附有曹聚仁〈章氏之學〉一文，文中簡述章太炎思想，也毫不客氣地批評章氏不十分了解文學，不錯，書中章太炎認為文學以發情止義求進步，重情一點可以認同，但太重義（作文的法度）則未免守舊，無助推陳出新了。

章太炎紀念館對面有蘇東坡紀念館，人們都喜歡將蘇東坡和西湖拉在一起。但是他最好的詩詞都和西湖不相干，〈飲湖上初晴後雨〉傳誦多了，幾成濫調，我比較喜歡〈六月二十七日望湖樓醉書〉說雨景，描劃得形象而且生動：「黑雲翻墨未遮山，白雨跳珠亂入船。卷地風來忽吹散，望湖樓下水如天。」另一首〈懷西湖寄晁美叔同年〉直白地道：「西湖天下景，遊者無愚賢。深淺隨所得，誰能識其全。」好了，詩句提醒我是時候離開紀念館，回到街上，隨意蹓躂，做一個平凡的遊者，轉身踏進蘇堤去。

再說西湖

我在蘇堤上遠望三潭印月和小瀛洲，涼風拂過，不知不覺就走到盡頭，那裏有一班小朋友排着隊，一個跟一個跳上車子離開西湖。而我繞過岳王廟，走到棲霞嶺下的黃賓虹紀念室。黃賓虹的畫當然是神品了，可是這個黃賓虹晚年的舊居卻沒有特別之處，也令我決定放棄到林風眠故居一遊。

從岳王廟再往東走，就是孤山。山下西泠印社的亭台樓閣小巧，石級與小路曲折盤繞，頗有古意。我不太懂金石篆刻，便逛往印社旁邊的浙江省博物館，參觀常書鴻美術館陳列。常書鴻生於杭州，早年留學法國，畫了不少人像畫，如《D夫人像》和《夫人肖像》都很西化，後來回到中國，終身致力於敦煌藝術的發掘保護、研究臨摹，故有「敦煌的守護神」之譽。我印象最深的常書鴻畫作是《在蒙古包中》，二〇〇八年在上海美術館看到，至今還記得作品中豐富而多向的紋飾線條。

從孤山走到白堤，已近黃昏。到了盡處，就是斷橋。站在斷橋上，我幻想着白娘子和許仙的傳奇故事，忽然，有一個少女在我面前揮揮手，說：「先生先生，懂得踏單車嗎，可否幫幫忙，客人不按地點還我單車，但我控制不了三輛。踏到孤山就好，我不收費的，幫幫我啦。」反正我閒着，不趕時間，就幫

她一趟吧。我們在白堤上踏單車，右邊前方是夕陽中的保俶塔，秋天的風撲面吹來，呼呼聲響，若然行人不是太多，踏單車遊西湖實在很不錯。單車的輪絞扭着陽光，而尖削的保俶塔已慢慢退到我的身後去了，她在我前面，左手扶着一輛單車，我卻想像自己是現代的夸父，踏着單車追趕正在緩緩消逝的夕陽。

西湖詩詞

手頭有一本上海古籍出版社印行的《西湖詩詞》，八十年代初的書，小小一冊，但內容豐富。書前有彩頁，印了蘇東坡、林和靖、李嵩、夏珪、藍瑛等諸家書畫，並有西泠八家印譜。這些藝術作品原來都很可觀，但畢竟是印刷品，不可細賞，只有西湖詩詞，不會失真。

我私淑的西湖詩詞，不是白居易、蘇軾或者楊萬里的名篇，而是南宋詞人劉過的〈沁園春〉：「斗酒彘肩，風雨渡江，豈不快哉！被香山居士，約林和靖，與東坡老，駕勒吾回。坡謂：『西湖，正如西子，濃抹淡妝臨照台。』二公者，皆掉頭不顧，只管傳杯。白言：『天竺去來，圖畫裏、崢嶸樓閣開。愛縱橫二澗，東西水遶；兩峰南北，高下雲堆。』逋曰：『不然，暗香浮動，不若孤山先訪梅。』須晴去，訪稼軒未晚，且此徘徊。」注云劉過欲擬稼軒，並用浪漫主義手法，當然對，我欣賞劉過用敘事體，鎔鑄三人詩詞名句，且不脫佻皮，想像力十分豐富。

名篇中當然有神品，李賀的〈蘇小小墓〉就是其中之一：「幽蘭露，如啼眼。無物結同心，煙花不堪剪。草如茵，松如蓋，風為裳，水為佩。油壁車，夕相待。冷翠燭，勞光彩。西陵下，風吹雨。」〈蘇小小墓〉幾乎通篇三言，吞吞吐吐，欲言又止，兩句五言，奇峰偶出。全作還是李賀一貫風格，陰冷險怪，料峭出奇。今有幾年前新建的蘇小小墓在西泠橋畔、慕才亭下，甚是醜陋，活像外星圓球或和尚光頭，經過的人大多冷眼一瞄，或者視若無睹，拐彎走過。我看着墓址，也難有思古之情，倒是李賀的名作，描寫、想像、感慨都不缺，彷彿蘇小小曾在半夜裏攀進李賀的夢中，在他耳畔輕輕哭訴一己的身世，讓他為自己寫一首不能忘情的詩章……

紹興／／●

從三味書屋到青藤書屋

從杭州到紹興，不用一個小時。我一下火車，就坐公車到魯迅故里去。雖然是平日早上，但他的祖居、故居和紀念館周遭黑壓壓的站滿遊人。是的，人們並沒有忘記魯迅。

紹興的魯迅紀念館不可能比得上上海虹口的魯迅紀念館，祖居和故居都不過如是，百草園和三味書屋自然教人們想起魯迅的名篇〈從百草園到三味書屋〉（收於《朝花夕拾》），魯迅筆下的百草園有不同動植物，藏納了他的童年回憶。現在的百草園像一個方正的菜田，比較單調。我看見一個小孩子想走到上面去，在邊上徘徊了不久就被他母親拉回去了，早上的陽光將小孩的影子投到田地上，好像一個頑皮的小孩在田裏自在地翻滾。

一隻烏篷船在三味書屋前緩緩駛過，書屋早就沒有讀書的聲音，只有導遊揮動小旗，解說魯迅早歲的求學經歷。

離開三味書屋，往東走就是去沈園，往南走就是去秋瑾故居，但我對兩者的興趣都不大，於是沿着魯迅路往西走，尋找徐渭的故居青藤書屋。自從我在上海博物館看過徐渭的《花果卷》，就喜歡上他了。徐渭一生坎坷放浪，能書、能詩、能文、能畫，作品兼有才氣與狂氣，鄭板橋和齊百石等大家都對他推崇備至，袁宏道的〈徐文長傳〉述其生平，以一個「奇」字作總結。

現在的青藤書屋位於陋巷中間，難以尋覓，我來來回回穿越了數條窄巷也尋找不到，當地人也不知道附近有此遺址，確是奇哉怪也。青藤書屋十分冷清，徐渭在少年時手植青藤於斯，因為他，平凡的陋室就留有一點傳奇了。然而人去樓空，此地今餘簡居一室。我寧願再尋訪徐渭的書畫真跡，印證藝術才是永恆。

三味書屋

紹興飛車記

紹興的蘭亭簡直是不值一遊，花了很長時間來到這麼偏僻的景點，回去城裏又不容易。我望着絕塵而去的公車，下一班車大概要半個小時後才來到，路上沙塵滾滾，陽光又猛烈，我暗自在印山越王陵的特大指示牌下歎氣，連忙多喝一點水。

正躊躇，聽見一聲喇叭響，一架破破爛爛的私家車就在我面前停下來，司機從車窗伸出頭來——她的樣子很像高中的平凡少年人——問我要回到紹興火車站去嗎，我說是的。她說，四十塊吧。我知道她有詐，就說十塊吧。她想了一想，說了一聲好，車門就困難地打開了。

這一輛私家車能夠行走也算是奇跡吧，方向盤像一個圓形膠管，椅子有許多小小的破洞，零件都好像不太牢固，車子一晃全部東西就咿咿呀呀異口同聲合唱，如果風雨夠猛烈，車子準會散架的。但我無所謂，也不感到害怕，而是覺得可笑。我只想盡快回到火車站。

在路上，司機說要多接一兩個客人，我沒有異議，反正她不會停車等候，只是向公車站上的人詢問幾句罷了。不久，一個商人模樣的男子上車，用紹興話跟司機談了一會，他們好像在爭論，幾分鐘後司機說話不多了，忽然拐往另一個方向。她立刻改用普通話說話，原來他要往會稽，而我要到紹興，方向不同。我終於可以加入戰團了，我說一定要在半小時內抵達火車站，好讓我準時回杭州。她說沒問題啦，就加快速度前往會稽，一路上風馳電掣，遠方山上的禹王像因此變得更加雄偉，更具動感了。

車子來到公路的末段，快到會稽了，前方開始堵車，商人就急不及待丟下幾塊，下車往路口跑。我還未看清楚他跑步的姿勢，司機忽然在公路上一百八十度急轉彎，全速逆方向前進，後方迎面而來的車子立刻走避，一輪喇叭聲急響。

不用半分鐘，司機就找到一個前往紹興的出口，我們終於重回正軌了。我低聲罵她，你瘋了嗎。她卻像壞小孩般抿嘴一笑。經過了這一個驚險片段，我對她愈發好奇，往紹興的路上我們不停談笑。她先一輪臭罵之前的商人一身銅臭味，以為有錢就可以為所欲為，其實他是裝闊而已。我問她如何維持生計，她說，花了幾萬塊買了這一輛破車，現在的工作不合法，但為了生活和孩子，也不得不如此，不久之前就給警察扣留過一次，警察和法官都沒有一點同情心，罰了許多錢，這半年幾乎是白幹的了。

車子很快就到紹興火車站了，我提議她載我到杭州去吧。她說，你買了火車票就不要隨便浪費，而且我不想到別的城市工作，我也不熟杭州的路。我不堅持，當車子停在火車站，我一望手錶，果然不多不少只是花了半個小時。這一刻，應該有一輛公車經過蘭亭。

晚秋的下午

吃飽了，就出發。

二時，我迎接晚秋的下午，一年中僅餘的炎熱日子。應該穿短袖的衣裳，但我穿了長袖的上衣，只好捋起衣袖。

路線有點隨意，就是想走走路。先到石峽尾的創意藝術中心看攝影展，再往九龍塘逛一逛。

從九龍塘走到樂富，路途有點遙遠，中間的軍營無法穿越，必需繞道而行。方法一比較近，經過浸會大學和聯合道公園就成，我也走過，不會迷路。方法二遠一點點，經過浸會大學和九龍仔公園，再沿聯合道北上。我還是選了遠路，因為想看一看陌生的風景。

九龍仔大概在九龍城與九龍塘之間，對於這三個地方的範圍與邊界，其實我也不大清楚。印象中九龍仔就是一個運動場而已，「仔細細」，名實相符。九龍塘卻沒有池塘，或許過去有過也說不定，現在就有洋房、商場、大學和地鐵站。想一想九龍城所在的位置，其實也很大，從城寨公園一路延伸到衙前圍道一帶、宋王台和啟德機場，確實不算小。

我一直缺乏運動，平常也不會來九龍仔公園。在我依稀的印象中，初中時來過這裏一次參加運動會，只留下天空陰雲密佈的記憶，回想起來也覺得很例外，因為絕大部分的運動會，都是在灣仔運動場舉行的。

九龍仔公園有好幾個足球場，球員在兩邊來回奔跑，攻來守去，踏着陽光，有時吆喝一聲，為了錯失大好機會而懊悔不已。

我也踏着陽光，想到我還不熟悉的地方太多了，香港明明是小城，卻好像走不完似的，總有未曾踏足的地方，在某個角落，等待隨意的發現。生活在這裏，不能說一切都是完美或者慘不忍睹，這裏有許多平凡的人和事，我們偶有所得，偶有喜悅，為生活帶來一點點微不足道的動力，如此教我們活下去，甚或嘗試活得再好一些。

不久我走到樂富，就是為了聽一場詩歌朗誦會。結果，我進場不久，我的老師就站起來，準備開腔朗誦了。

二〇一一年

二／三／事／●

二〇〇二年的香港，經濟不是十分好，但文學氣氛真不錯。那一年我寫了一首詩，在王良和老師指導之下，一首一首寫下去，直到現在。老師將我們這一班初試文學創作的學生，聚集在薪傳文社，我們在宿舍讀詩、談文學、跟詩人作家見面，聚會結束後就到大埔墟天外天大吃一頓，不亦樂乎。

走出大埔，來到旺角，愛詩的人在一家搬了幾次的東岸書店，總可以買到好的詩集和詩刊，而且每個月都有詩歌活動，除了「薪傳文社」，當時活躍的組織還有「我們詩社」、「零點詩社」、「星期六詩社」、「詩作坊同學會」、中大的「吐露詩社」、浸大的「詩的挪亞方舟」、港大的「港大詩社」、科大的「清水灣詩社」，好熱鬧。

二〇〇二年，《呼吸》和《素葉》慢慢偃旗息鼓，《詩潮》的編輯崑南、葉輝、關夢南、陳智德卻帶來香港詩壇的盛世，《香港文學》、《文學世紀》和《作家》也刊登許多佳作，《詩潮》停刊後又有《詩網絡》和《秋螢》接力。我老是懷念《詩潮》的好日子，第五期就有「薪傳文社詩輯」，刊登了崑南和王良和老師的引介，以及唐睿、梁玨琛、陳淑美、陳甘樺、黃頌文、張慧玲、謝錦華、董鑑昌和我的詩作。

我在文社活躍的那幾年，為了一顯身手，一口氣參加了中文文學創作獎、詩網絡詩獎、青年文學獎、大學文學獎、新紀元全球華文青年文學獎，獲得獎項肯定，回想起來，文社的鍛煉，是一大幫助。

最近幾年，王良和老師寫了一大批出色的小說，我的寫作重點，也從詩創作轉移到評論。二〇一三年，我獲得香港藝術發展獎後，曾經回教育學院演講，藝術評論工作坊過後，我找到老師，他的房間沒有太大改變，只是我們都老了一點。

二〇一四年的香港文學節，我在中央圖書館聽老師、飲江、鍾國強演講，當天老師吩咐我再回教院，向師弟師妹談談他的小說〈魚咒〉及〈蟑螂變〉，我一口答應。其實要談老師的小說，並不容易，不得不使出渾身解數，但也覺勉勉強強。當我重讀老師的作品，我想起在薪傳文社的日子，過去他評論我的作品，如今我評論他的作品，但我總是覺得，追不上他的高度，只是看着他走遠，而我總是趕不上。

二〇一五年寫，二〇一六年補

荷馬拉

來自尼日利亞的撒母耳，煮了一盤 Jollof Rice，當中有蘿蔔、粟米，還有一點來自家鄉的香料，樣子像西炒飯。我們每個人都吃了一些，我說：有一點點辣。有些人覺得並不辣，只有來自阿富汗的荷馬拉，覺得十分辣，受不了，一邊扇着嘴巴，一邊央求撒母耳給她一點檸檬水。撒母耳說，如果你來到尼日利亞，面前放一窩辣胡椒湯，你一定接受不到我們的文化衝擊呢。

荷馬拉常說，來到愛荷華，她肥了不少，她在故國老是飢餓，她不是素食者，但只是吃素菜。她學着非洲人的舞步，因為非洲的音樂錄像內容大膽，而感到奇怪，又有點不好意思。

荷馬拉與丈夫離異，孩子不在身邊，她反對包辦婚姻，也在阿富汗爭取女性權利，頗受人愛戴，在她的笑臉中，我想像不到她吶喊口號的樣子。

我記得八月底的一個晚上，有人在校園裏的愛荷華河放煙花，多哥詩人阿拿斯發佈了消息，他卻沒有現身。荷馬拉在網絡群組說：我正坐在露台觀賞。我和柬埔寨詩人來晚了一點點，只站在河邊觀看。放煙花結束，荷馬拉說：沒有人跟我一起，你們在哪裏？我到露台找她，只見姍姍來遲的多哥詩人，我們走了一圈，在酒店門口找到荷馬拉，一個憂鬱的阿富汗女子，影子輕淡而修長。

大家吃了 Jollof Rice，喝了一點啤酒、白酒與紅酒，也談到塔利班，我們都收起了笑容。荷馬拉說塔利班執政多年，那時她們都戴上面紗，只能外露一雙眼睛，她只是說這樣不好看，對於其他的事情，她沒有再說下去，而她很快就回到玩樂的情緒，隨着多哥詩人的動作，學習非洲人的舞步，擺動着自由的身軀。

二〇一五年九月二日　愛荷華

後記：華文寫作／●

身在異地，我才想到我的評論，最主要是為香港人而寫，離開了本土的處境，我難以動筆，或不想動筆。可是詩作，卻是為自己而寫，我相信無論我在甚麼地方，只要不是極端而惡劣的處境，我都可以創作詩歌。大概，愈是個人的事物，愈能夠通行於世界，但是語言和文化的障礙，依然存在。

我是一個用華文寫作的作家、詩人、評論人，在美國，當我要討論香港文學，相當困難，因為聽眾並不一定了解香港文學，在我們眼中的著名作家，他們應該都不太認識，談香港電影，情況好一點，至少大家都認識王家衛和吳宇森。香港與中國的關係，也不容易講清楚，我一再強調自己來自香港，至於Chinese一詞，是意義不夠明確的字眼，需要更多解釋，當然，我是用華文（Chinese）寫作的香港華人（Hongkongese, Hongkonger）。

我的母語和生活語言是廣東話（Cantoñese），一種保留了不少古語的語言，據說廣東話在全球有八千萬人使用，但我還是用現代華文寫作，甚少運用廣東話口語來寫作，我的口語和書寫語言雖然不同，但我腦中有一個自動的翻譯系統，將廣東話改變成通行於華人世界的現代華文。

如果要追本溯源，我的華文寫作，受到中國古典文學、中國現代文學、當代香港文學和外國文學的影響，中國古典文學精要、準確而且抒情，中國現代文學定下了現代自由詩的形式基礎，當代香港文學的城市感性和對現代生活的反思，而外國文學提供了哲理思考的基礎，這些都是我寫作背後的傳統。在美國的日子，我對中國古典文學的興趣更濃厚了，可是現代的都市生活，跟古典的傳統世界有很大的距離，這是文化翻譯的深層問題，而我沒有答案。

《記憶散步》收錄二〇〇二至二〇一七年十五年來的散文作品，感謝黃碧雲就書名和內容反覆討論。

第一章「城市的旅程」收錄澳門、台灣、中國大陸、菲律賓、加拿大的遊記散文，許多年前，我參加文學創作比賽，董橋評說我的散文：「文化之旅，淺淺着墨，自見氣韻。」（《城市文學》創刊號）這句話正是我追求的境界。第二章「奈良與京都」收錄二〇〇七年夏天日本關西之旅的遊記，唯有〈大阪來的畫〉寫於二〇一二年年底，這篇文章是香港藝術館「大阪市立美術館藏宋、元、明中國書畫珍品展」的一點觀後隨感，曾傳給黃愛玲女士一看，可惜故人已去矣。第三章「地圖與手掌」寫香港，也有藝文隨筆，其中〈屯門滄桑錄〉收於香港中文大學香港文學研究中心編著的《疊印：漫步香港文學地景（二）》，〈觀看與記憶〉為我第二本詩集《記憶後書》的後記，而〈林風眠的痛苦〉就收於匯智二十周年紀念文集《香港・人物》。第四章「歐遊心影錄」是二〇一一年歐洲之旅的遊記，這一章大部分散文，曾載於二〇一二年台灣《人間福報》的「記憶後書」專欄，感謝李時雍提供運筆的園地。最後第五章「短章二十篇」也是報紙專欄短文，感謝阿修穿針引線。二〇〇九年亞洲詩歌節為我帶來一次充實而愉快的旅程，所見所感都記在短章裏。從此以後，再遊舊地，遊興卻是一年不如一年，幸好有散文記下好時光。

二〇一五年九月愛荷華；二〇一八年五月香港

記憶散步

〔遇上散文〕

責任編輯　張佩兒
裝幀設計　黃安琪
排　　版　黎品先
印　　務　林佳年

作者　鄭政恆

出版　中華書局（香港）有限公司
香港北角英皇道四九九號北角工業大廈一樓 B
電話　（852）2137 2338
傳真　（852）2713 8202
電子郵件　info@chunghwabook.com.hk
網址　http://www.chunghwabook.com.hk

發行　香港聯合書刊物流有限公司
香港新界大埔汀麗路三十六號中華商務印刷大廈三字樓
電話　（852）2150 2100
傳真　（852）2407 3062
電子郵件　info@suplogistics.com.hk

印刷　美雅印刷製本有限公司
香港觀塘榮業街六號海濱工業大廈四樓 A 室

版次　二〇一八年七月初版

規格　三十二開（190 mm×130 mm）

ISBN　978-988-8513-61-1